闇を斬る

会津武士道6

森 詠

時代小説

二見時代小説文庫

目次

『会津士魂』の早乙女貢氏に捧ぐ

闇を斬る——会津《あいづ》武士道6

『闇を斬る――会津《あいづ》武士道6』の主な登場人物

望月《もちづき》 龍之介《りゅうのすけ》……江戸に出て講武所《こうぶしょ》の鍛錬に励みながら、父と兄の死の謎を追う若き会津藩士。

望月牧之介《まきのすけ》……龍之介の父。江戸で御用所密事頭取《ごようじょみつじとうどり》を務めていたが謎の死を遂げる。

鮫吉《さめきち》……会津掬水組《きくすいぐみ》の親分。江戸の深川《ふかがわ》に拠点を持ち龍之介を助ける。

笠間慎一郎《かさましんいちろう》……会津藩士。龍之介にとって会津の日新館《にっしんかん》での一つ先輩。江戸の講武所で共に学ぶ。

西郷頼母《さいごうたのも》(近悳《ちかのり》)……西郷近思《ちかもと》の息子。龍之介の烏帽子親《えぼしおや》の佐川官兵衛《さがわかんべえ》の友。江戸家老。

一乗寺昌輔《いちじょうじまさすけ》……家老一乗寺常勝《つねかつ》の実弟。イギリス領事ジョンソンと共謀し不正を働く。

北原嘉門《きたはらかもん》……会津藩若年寄。一乗寺昌輔にその座を取って代わられる。

竹野信兵衛《たけのしんべえ》……万字屋与兵衛《まんじやよへえ》の用心棒だった薩摩示現流《さつまじげんりゅう》の遣い手。高木剣五郎《たかぎけんごろう》を名乗る。

篠塚和之典《しのづかかずのすけ》……西郷頼母の身の回りの世話をする用人。

桑田仁兵衛《くわたにへえ》……会津藩深川御屋敷の警備の役目に就いていた物頭《ものがしら》。押し入った賊に殺された。

助蔵《すけぞう》……武器商でもある呉服屋万字屋の大番頭。刺客に狙われ会津掬水組に身を寄せた。

銀兵衛《ぎんべえ》……会津掬水組の代貸《だいがし》。鮫吉の一の子分。

川谷仇蔵《かわたにきゅうぞう》……深川御屋敷の警備をしていた会津藩元小普請組小頭。生前の牧之介の知り合い。

方岡大膳《かたおかたいぜん》……大身旗本の家柄であることを鼻にかけ、素行の悪い放蕩旗本と徒党を組む。

神山黒兵衛《かみやまくろべえ》……一万石の大身旗本の跡取り息子。講武所では抜きん出た剣術の腕前を持つ。

第一章　影法師、走る

一

「おい、望月《もちづき》、おれたちの学生隊は解散させられるぞ」

「ここから、おれたち陸《りく》は追い出され、ここは海《かい》の軍艦教授所や海軍伝習隊専用の宿舎や演習場になるらしい」

第四小隊の同輩たちは、望月龍之介《りゅうのすけ》を見付けると駆け寄り、口角泡《こうかくあわ》を飛ばしてまくしたてた。

「隊を追い出されたら、おれは、どこへ行けばいいんだ？　町方同心には戻れないし」

元町方役人の工藤久兵衛《くどうきゅうべえ》が嘆いた。

武家奉公人だった砂塚道蔵《すなづかみちぞう》も、頭を抱えていた。

「そうだぜ、どうして、おれたちは、お払い箱になるんだ。上の連中は、みな残るんだろうがな」

「望月、おぬしはいいよな。会津《あいづ》藩に帰れば、なんとかなるのだろうからな」

土田利助《つちだりすけ》がぼやいた。

馬鹿な。おれが会津藩に帰る？　どうして、そうなるのだ？

龍之介も面食らった。

いったい、何事が起こったというのか。

たった三日間の短い休暇を終えて、講武所《こうぶしょ》に戻ると、構内は上を下への大騒ぎになっていた。

とりわけ、旗本御家人の子弟ではない、低い士分の隊員たちは、それまでの職や役目を捨て、講武所の兵員募集に応じた者が多い。みんなは毎日の厳しい軍事教練に耐えて、ようやく一人前の兵士となったというのに、突然の隊の解散、解雇という事態に大恐慌に陥っていた。

大隊本部の建物の掲示板の前には、大勢の学生隊員たちが集まり、貼り出された通達を読み、あれこれと言い合っている。

龍之介も貼り出された通達に見入った。

諸般の事情により、学生隊は本日をもって、いったん解散する。

よって、学生隊員全員は、それぞれの家に帰ることを得。

なお、退所する隊員たちには、勤務時の成績の評価により、しかるべき退所手当てを支給するものとする。

概《おおむ》ね、そのような内容の通達だった。

「おい、龍之介、どうした、そのひどい格好は？」

いつの間にか、傍《かたわ》らに笠間《かさま》慎一郎《しんいちろう》が立っていた。笠間は、にやにや笑いながら、龍之介を上から下までじろじろと見回した。

「それに臭いもひどい。まるで火事場から抜け出て来たようではないか。焦げ臭い臭いがぷんぷんする」

笠間は鼻をくんくんと鳴らして、龍之介の躯を嗅いだ。

龍之介は苦笑いした。

「嫌なことが、いろいろありましてね」

「何があったのだ？」

「聞かないでください。口に出したくもない」

昨夜の火事場での出来事は思い出したくもなかった。龍之介は燃え盛る火事場に飛び込んだものの、救けようとした辰巳《たつみ》芸者の武蔵《むさし》が目の前で殺された。武蔵を殺した高木剣五郎《たかぎけんごろう》を、今度は龍之介が斬った。

いまも火事場の焦げる臭いが、鼻の奥にまとわりついていた。包帯を巻いた手や腕だけでなく、頭や顔、首の周りも軽い火傷《やけど》をしており、熱を帯びてひりひりと疼《うず》いていた。

火の粉を被ったため、髪の毛はちりちりに焼けて縮み、髷《まげ》を結えなくなり、ざんばら髪になっている。顔は煤《すす》で真っ黒になっていた。脂薬を塗っているので、鏡に映った顔はてらてらと光沢があり、自分の顔とは思えなかった。躯全体も、火傷のせいか火照《ほて》って熱っぽい。

鮫吉《さめきち》の家で汚れを落としたものの、躯にこびりついた臭いまでは落とすことが出来なかった。まして、武蔵の死に顔や、龍之介が斬った高木剣五郎の顔は脳裏から洗い流しようもない。

「そうか。では、おれも聞くまい」

笠間は何か事情を察したのか、それ以上は聞こうとしなかった。

龍之介は掲示板の通達を目で指した。

「学生隊解散なんて、いったい、何があったのですかね」

周囲でも学生隊員たちがあれこれと噂や推測を口喧《くちやかま》しく話していた。

笠間は無言のまま、龍之介の袖を引き、人混みの外に連れ出した。

「このところの講武所の教授連の様子がおかしいので、おれも、休暇中に講武所に出て、竜崎《りゅうざき》中隊長を訪ねたんだ」

第四中隊の中隊長竜崎剛介《ごうすけ》砲兵大尉《ほうへいたいい》は、砲兵志望の笠間に目をかけていた。笠間も暇を見付けては、竜崎大尉を訪ね、フランス人軍事顧問のオスカー砲兵大尉を紹介してもらい、仲良くなった。笠間は、授業では聞くことが出来なかったナポレオン軍の戦法や実戦での成果などの話を聞いたりしていた。

笠間は小声でいった。

「竜崎中隊長が、おおよそのことを教えてくれた。ただし、口外無用としてだが」

「学生隊解散というのは、どうしてですか？」

「いわば粛軍《しゅくぐん》だよ。無用な連中をクビにする」

「無用な連中というのは、誰のことですか」

龍之介は、第四中隊第四小隊の隊員たちを思い浮かべた。第四小隊は、足軽や武家奉公人、町方同心など、身分の低い隊員たちばかりだった。彼らが無用としてクビにされるのか。龍之介は釈然としなかった。

笠間は顎をしゃくって、掲示板を見上げている人集《ひとだか》りを指した。

「将来の幕府陸軍を創設するために、教導隊として学生隊を編成してみて、よく実態が分かったんだ。武家を自認する大身《たいしん》旗本や御家人の子弟たちが、近代軍隊には不向きな連中だということがな」

幕府陸軍を発足させる上で、講武所内では、英仏などの軍隊を見習った近代軍隊をめざすべきだとする近代派、それに対し、これまでの通り、武士を主体にした軍隊を創るべしという保守派やごりごりの守旧派、さらには、近代派と保守派の両方のいいところを取り入れようという中間派の三派がいた。

「井伊《いい》大老の尊攘派一掃政策で、講武所内の頭が硬い保守派の尊攘派教官たちが追放された。なかには評定所送りになった者もいる。それで近代派が力を得た。中間派は、力がある方になびき、近代派に同調した。それで、今回の粛軍が始まった」

「しかし、そうだったら、なにも学生隊を解散しなくても……」

「うむ。だが、第四小隊に集まったような身分の低い士分の隊員たちだけを残すなどとしたら、大身旗本や御家人の子弟は武士の面子《めんつ》を潰され、激怒するだろう。それで、学生隊をいったん解散し、優秀だった隊員たちを再招集し、海軍伝習隊のような陸軍伝習隊を創ろうというのだ」

「ほう。では、いったん解雇された隊員たちは、また戻れるのですね」

「兵士として問題がなければね。戻ってほしい人材には、講武所から、別途呼び出しが来るまで自宅待機となる」

「ですが、みんな、そんなことを知らないから、大騒ぎですよ。通達で、なぜ、その旨を知らせないのですかね」

「そんなことをしたら、大身旗本の馬鹿息子たちは、自分を再招集しろと騒ぐだろう。そんなことにならぬようにするため、しばらく間を置いてほとぼりが冷めるのを待つ。旗本御家人の全員が、だめだというわけではないからな。中には、竜崎大尉のような優秀な人もいるのでね」

「なるほど」

「時が来たら、元学生隊の隊員たちを、新しい講武所に呼び出し、エゲレスやフランスの軍隊のような近代軍隊を編成しようというんだ」

やはり講武所が移転するという噂は本当なのだな、と龍之介は思った。

「講武所が新しくできるのですか？」

「うむ。上は、ここは陸海軍が共同使用するには、狭すぎると判断した」

「ここは結構、広い敷地だと思いますが」

「手狭だというのは、表向きの理由だとおれは思っている。勝海舟《かつかいしゅう》先生たち海軍指導部の本音は、およそ海外の情勢を知らぬ頭の硬い守旧派の陸の指導部に、ほぼ愛想を尽かしているんだ。いつまでも、こんな陸と一緒だと、海軍は永久に近代化できんとな」

「なるほど」

龍之介も合点《がてん》がいった。

陸の上層部も西洋式軍隊に脱皮しようとしているが、それは一部近代派で、守旧派が多数を占める幕閣を動かすまでには至っていない。龍之介たちの目から見ても、陸の上層部は混乱している。近代陸軍はなかなか出来そうにない。

「勝先生たちは、そんな陸の指導部と一緒にされていたら、時間の無駄だと思っているのだろう、と思う」

「すると、海は陸から分離独立し、洋式の近代海軍を創る心算《つもり》なのですね」

「そういうことだ。海に面したここは海軍の軍艦教授所や海軍伝習隊の演習地とし、陸の講武所には、もっと広くて使い勝手のいい場所に引っ越してもらう」

笠間はにやっと笑った。

「陸上層部の近代派要路《ようろ》たちは、築地《つきじ》から講武所を移転する機会に、一挙に講武所を近代化する魂胆なのだ。学生隊解散は、その一つだ。解散して、役立たぬ大身旗本の子弟たちを一掃する」

「講武所の近代化は、どうやるというのです？」

「竜崎大尉から聞いた話では、フランス軍式の階級制度を取り入れようとしているらしい」

「フランス軍式の階級制度とは何です？」

「竜崎大尉は、一応、大尉と称しているが、正式な階級制度に基づいての階級ではない。フランス軍事顧問が、オスカー大尉とかライアン大尉とか名乗っているから、その階級と同格ということを示すために、竜崎大尉と称している。幕府の軍制組織では、いまだ物頭《ものがしら》とか組頭《くみがしら》、小頭《こがしら》などの名称が使われ、大尉とか軍曹《ぐんそう》といった階級はない」

「なるほど」

「近代軍隊の階級は、大身旗本だろうが、足軽の出であろうが、町方とか商人、百姓などといった身分や出自は関係なく付けられる。もちろん、しかるべき軍の学校で戦術、兵器など軍人に必要な勉強をして、幹部の資格を取らねばならないがな。近代派は、講武所を英仏にある士官学校とか、軍幹部養成学校にしようという考えもあるらしい」

「士官学校ですか？」

「うむ。勝先生たちが、長崎《ながさき》にいち早く海軍伝習所を創ったように、陸の近代派も陸軍伝習所のような幹部養成所を創り、将来の陸軍を担う人材を育てようというのだ。時間はかかるが、それが結局、近代陸軍を創る一番の近道だと分かったのだよ」

龍之介は、掲示板の前で右往左往《うおうさおう》している学生たちを眺めた。彼らも、将来の陸軍を担う人材なのか。たしかに時間はかかりそうだな、と思った。

「フランス軍やエゲレス軍の階級を見習うといっても、わが国にはわが国の官位官制がある。それと、どう整合させるか、上の連中は頭を悩ませているらしい。我々にはあまり関係ないことだがな」

笠間はふっと笑った。

龍之介は尋ねた。

「講武所は、どこに移転するのです？」

「すでに去年夏から神田小川町《かんだおがわまち》の越後長岡《えちごながおか》藩上屋敷跡地に、講武所の建物の建設が始まっている。近いうち新しい講武所で、近代陸軍の創設が行なわれるそうだ」

「我々会津藩士は、どうなるのですかね。日新館《にっしんかん》から三人が、まもなく講武所に派遣されることになっていますけど」

「これは内緒だが、竜崎大尉の話では、おぬしとそれがしは、新しい講武所ができたら、すぐに呼ばれるそうだ。呼び出しがあるまで、三田《みた》藩邸で待機していろ、といわれた。龍之介、おぬしも、いずれ、上からそういわれるはずだ」

「そうですか。お払い箱になったわけではないんですね」

「竜崎大尉によれば、その反対だ。ありがたいことに、ライアン大尉やオスカー大尉、ヤニス軍曹は、我々を高く評価しているそうだ。我々のような兵士が、将来の幕府陸軍を担うべきだといってくれているらしい」

「そうですか」

龍之介は、誇らしい気分だった。だが、その一方で、仲間たちに済まない思いもあった。

オスカー大尉らに高く評価されたのは、第四小隊の仲間たちが居てのことだ。旗本でも上士《じょうし》でもない彼らこそ、自分よりも高く評価されるべきではないのか。そう思うと、自分たちだけが、新しい講武所に呼ばれると保証されたことに、あまり喜べなかった。

「龍之介、おぬしも第四小隊の仲間を心配しているのではないか？」

笠間は龍之介の気持ちを察知していった。

「はい。彼らこそ、呼ばれるべきではないかと思って」

「第四中隊の第一、第二小隊の旗本のくずどもは使えない。全員クビになるらしい。第三、第四の身分の低い隊員たちは、ほとんどが評価され、再度講武所に呼ばれるらしい。彼らが将来の陸軍伝習隊を担うことが期待されているそうだ」

「そうこなくては。それを聞いて、それがし、安堵しました」

龍之介は大きくうなずいた。

笠間はにっと笑い、小声でいった。

「だが、彼らにいってはだめだぞ。大身旗本の連中の耳に入ったら、きっとやつらは、幕閣や要路の親父たちに訴え、近代派の目論見《もくろみ》をぶち壊そうとするからな」

さもありなん、と龍之介も思うのだった。

掲示板の前で騒ぐ学生たちをよそに、少し離れた松林に屯《たむろ》する一団がいた。遠目でも、彼らが大身旗本の子弟たちだと分かった。彼らは、まるで他人事のように騒ぎを眺め、談笑している。

旗本の彼らは、いつでも帰るところがあり、学生隊が解散されても、痛くも痒くもない、という風情《ふぜい》だった。

笠間は、ため息をついた。

「徳川《とくがわ》幕府も変わらねばならんな。あんな連中がのさばっている限り、幕府の未来は暗い。そう思わんか？」

「たしかに」

龍之介はうなずいた。

突然、海岸から、大砲の轟《とどろ》きが起こった。続け様に六発。

時ならぬ砲声に、カモメたちが一斉に飛び去った。

海浜に並べた大砲で、沖に向かって実弾射撃をしている。海軍伝習隊の隊員たちが、きびきびした所作で、大砲に取り付き、射撃訓練を行なっていた。

龍之介と笠間は腕組みをし、一歩も二歩も先を行く海軍伝習隊の様子に見入っていた。

二

漆黒の闇が大川《おおかわ》の川面を覆っていた。

滔々《とうとう》と流れる水音だけが響いている。

まだ夜明けの気配はない。深川《ふかがわ》の町は寝静まっていた。

海鵜《うみう》のけたたましい鳴き声が夜陰を貫いて響いた。

江戸湾に流れる河口近くということもあって、かすかに潮騒《しおさい》も聞こえて来る。

大川の上流から櫓《ろ》の音も立てずに、静かに下って来る船影があった。高瀬舟《たかせぶね》だった。

それも、三艘《そう》が連なるようにして、大川を下って来る。

それぞれの舟の上には、黒い影法師がいくつも蹲《うずくま》っていた。全員、黒覆面の黒装束だった。

三艘の高瀬舟は両国橋《りょうごくばし》の下を潜ると、一斉に速度を抑え、運河に入って行った。

運河の端に立ち並ぶ倉庫群の船着場の一つに差しかかると、その桟橋に横付けになった。と同時に、黒い影法師たちは、船頭の人影を一人残して、船から桟橋に乗り移った。

岸に上がった影法師たちは、おおよそ十五人。

影法師たちは暗闇の中で、あらかじめ手筈を決めているかのように素早く三手に分かれ、近くの蔵屋敷に駆け寄った。

一隊五人は用意した梯子《はしご》を蔵屋敷の塀に掛け、身軽に塀を乗り越えて行く。

別の一隊五人は蔵屋敷の門前に集まった。

さらに、もう一隊五人は蔵屋敷の裏路地に消えた。路地の先には、屋敷の裏木戸がある。

やがて木戸の中から、人の争う声が聞こえたが、すぐに消え、静けさが戻った。蔵屋敷の門扉《もんぴ》が開き、待機していた五人が門扉の陰に滑り込むように入り、門扉は何事もなかったかのように閉じられた。

しばらくすると、門扉が再び開かれ、影法師が一人、外の様子を窺うようにして出て来た。あたりに誰もいないのを確かめると、影の男は、手で合図した。

すると、影法師たちの一団が、二人一組になって重そうな木箱を運び出しはじめた。

指揮者らしい影法師が、低い声で「急げ」と指示をする。

影法師たちは、七個の木箱を桟橋で待っている高瀬舟に積み込んだ。すぐに影たちは蔵屋敷に駆け戻り、さらに三個の木箱と、金庫を抱えて運び出し、高瀬舟に積み込んだ。

「撤収《てっしゅう》！」

指揮者の影が鋭い声で命じた。

三艘に飛び乗った影法師たちは、船底に張りつくように蹲った。船頭が棹で桟橋から舟を押し出し、櫓を漕ぎはじめる。

て行く。

三艘の高瀬舟は、来た時と同じように、連なり、音を忍ばせて、運河から大川に出て行く。

大川に入ると、三艘の高瀬舟のうち、一艘だけが上流に向かい、残る二艘は河口に向かった。上流に遡《さかのぼ》る一艘は、両国橋を潜り、すぐに神田川《かんだがわ》に入り、そのまま闇に消えて行った。

江戸湾に入った二艘の高瀬舟も、暗闇の中に姿を消した。その高瀬舟に寄りそうように一艘の屋根船が続いた。

小半刻とかからぬ手際のいい蔵破りだった。

三

書院の丸い窓から、朝の爽やかな風が流れ込んでくる。庭の木々から、夏の終わりを告げる蜩《ひぐらし》の声が哀しげに響いてくる。

龍之介は会津藩江戸上屋敷に家老の西郷頼母《さいごうたのも》を訪ねた。

二つの報告のためだった。

報告の一つは、講武所の学生隊が解散され、講武所教務部から龍之介と笠間慎一郎に、自宅待機が命じられたことを報告するためだった。龍之介と笠間には、江戸に自宅はないので、三田の下屋敷で待機することになる。

もう一つの報告は、兄真之助《しんのすけ》乱心の真相についてであった。

講武所学生隊解散の報告については、頼母は「仕方がないのう」というだけで終わった。

兄真之助乱心事件の真相についての報告は、口頭ではなく、文書にまとめて提出した。口頭の報告だと、誰かに聞かれる恐れがあること、それに、家老会議や大目付に提出する正式な報告書にする必要があったからだ。

洋式の椅子に座った頼母は、龍之介が提出した巻き物の報告書に、じっくりと目を通し、二度にわたって読み直していた。

望月龍之介は畳の上に正座し、姿勢を正して、椅子に掛けた西郷頼母の顔を仰いだ。

頼母の密命は、父牧之介《まきのすけ》が自害して果てた理由と、兄真之助が乱心するに至った真相を調べて報告せよ、という二つだった。

兄真之助が乱心したとされる事案については、おおよその原因と真相が分かった。兄は乱心したのではなく、若年寄一乗寺《いちじょうじ》昌輔《まさすけ》に謀殺されたのが真相だった。

昌輔は、エゲレス領事で武器商人も兼ねるジョンソンと共謀し、千挺の新型鉄砲を購入したにもかかわらず、半分の五百挺しか蔵に納めず、残り五百挺は他藩に転売していた。しかも、納めた五百挺は旧式のゲベール銃で、新型銃ではなかった。昌輔はジョンソンとともにぼろ儲けしていた。そのからくりに気付いた兄は昌輔に諫言《かんげん》しようとしたところ、逆に謀《はかりごと》によって刺殺されてしまった。

謀には兄と同じ什《じゅう》の仲間である田島孝介《たじまこうすけ》の裏切りがあり、兄は田島孝介と昌輔の二人に斬り殺されたのだ。

龍之介は、兄の仇《かたき》であり生き証人だった田島孝介に襲われたが、返り討ちにしてしまった。事件を目撃した小姓の筧主水介《かけいもんどのすけ》は毒殺されてしまい、もう一人の小姓も田島孝介に抹殺《まっさつ》されてしまった。

父牧之介の自害の真相は、筆頭家老北原嘉門《きたはらかもん》の不正を糾《ただ》そうとしてのことであったが、その証拠となる北原嘉門に諫言した遺書が見つからない。遺書が見つかれば、真相が明らかになるはずだ。

といった内容をしたためた報告書であった。

頼母は読み終えると、書状をしっかりと巻き戻した。

「兄上が乱心ではないという真相をよくぞここまで調べた。そういう事情があったのか。よう分かったぞ」

「ありがとうございます」

龍之介は頼母の言葉に感謝して頭を下げた。

「だが、ここで、きつく申し付けておく。龍之介、兄上を謀殺した下手人《げしゅにん》が誰であれ、仇討《あだう》ちをしてはならぬ。いいな、これはそれがしのおぬしに対する命令だ。分かったな」

頼母はぎょろりと目を剝き、龍之介を睨んだ。

「なぜでございますか」

龍之介は、意外な面持ちで尋ねた。

「下手人は、御上《おかみ》が定めた御法度《ごはっと》に則《のっと》って裁かれねばならぬ。いかなる理由があれ、私的報復をしてはならぬ」

「では、昌輔殿は……」

「シッ。声が高い。壁に耳あり、障子に目ありだ」

頼母は目で書院の壁や天井を見回した。

会津藩江戸上屋敷は広いとはいえ、紛れもなく一乗寺昌輔の居室もある。昌輔の家来や昌輔と親しい者も少なからずいる。どこで誰が聞き耳を立てているか知れない。

そのことが分かっているから、龍之介も頼母に口頭で報告するのをやめ、書状での報告をしたためたのだった。

昌輔が、もし、龍之介が家老の頼母を訪ねて来ていると知ったら、何事を話しているのか、と不審を抱くのは当然のことだろう。

「……いかがなことになりましょうや」

龍之介は昌輔という名前を呑み込んでいった。

「おぬしの報告にある陰謀を、評定所において、すべて証拠や証言で、裏付けねばならない。そうやって御法度に反していることを立証し、当人の申し開きを聞き取り、最後に御上に申し上げ、裁断を下していただく」

「証拠や証言で裏付けられなかったら、いかがいたすのでございましょうか」

「悪事が立証ができなかったら、残念だが、無罪放免となる」

「無罪放免ですか」

龍之介は膝の上の拳をぎゅっと握った。

頼母はにやりと笑った。

「しかし、要路としての道義的な責任は問われるだろう。要路として問題ありとなると、御上は厳しく処断をなさるだろう。お役目御免となり、お家の取り潰し、閉門蟄居《へいもんちっきょ》、あるいは、武士として切腹、士道にあるまじきこととして、斬首もありうる」

「…………」龍之介は唇を嚙んだ。

頼母は微笑《ほほえ》んだ。

「おぬしは不満だろうが、それが正当な責任追及のあり方だ」

「はい」

「しかし、まだあの男の悪行の全貌が明らかになったわけではない。おぬしのお陰で、その一端が見えはじめたところだろう。まだ事案の奥は深い。わしが思うに、あの男だけが悪ではない。きっとやつ以外にも、もっと大きな悪がいる。おぬしは引き続き、お父上が自害した理由と真相を調べるがよい。わしは、この報告書を基に、大目付に事案を調べるよう命じる。大目付が本腰を入れて捜査し、確たる証拠を揃えれば、いかな家老たちがもみ消そうとしようとも、決して御上は許さないだろう。なんとしても藩に巣食う悪を一掃せねばならぬ」

龍之介は、はたと困った。

西郷頼母からの密命よりも先に、大目付の萱野修蔵《かやのしゆうぞう》からも、父牧之介と兄真之助の事案の真相を調べるように密命を受けている。

頼母に、そのことを打ち明けるべきではないのか。そうでないと、頼母から龍之介の報告書が、大目付萱野修蔵に渡されるとなったら、萱野は龍之介に不信感を抱くのではないのか？　萱野修蔵は自分が出した密命にもかかわらず、龍之介は誰よりも先に頼母に報告を上げるとはけしからぬと激怒するのではなかろうか。

「大目付様にと申されますと、萱野修蔵様でしょうか？」

「いや。田中蔵典《たなかくらのすけ》だ」

「そうですか」

龍之介は弱ったことになったと思った。

会津藩には大目付が二人いる。萱野修蔵と田中蔵典だ。龍之介は、日新館先輩の田中蔵典の名前は知っていたが、直接の面識はない。

大目付は家老支配で、家老、若年寄、奉行に継ぐ重職である。将来の家老候補でもある。大目付として功績を上げれば、いずれ家老に引き上げられる。

萱野修蔵に義理立てして、あくまで保秘《ほひ》を貫くか、それとも西郷頼母に萱野修蔵から密命を受けていることを打ち明けるか。どちらにしたらいいのか、龍之介の心は乱れに乱れた。

「どうした、龍之介、困った顔をして。田中蔵典に知られたら、何かまずいことがあるのか？」

「いえ、そういうことではなく、田中蔵典様とは、面識がないので……」

龍之介は口籠もった。

頼母は腕組みをしていった。

「田中蔵典はまだ若いが、わしら家老にも遠慮せずに直言する、裏表のない男で野心がない。頭も切れる。いずれは藩の執政に引き上げたい信頼できる武士だ」

「では、萱野修蔵様については、いかが思っておられるのでしょうか？」

「萱野修蔵は頭はいいが、どこか裏がありそうでならんのだ」

「裏表があると申されるのですか？」

「うむ。何か野心を抱いている。功名を上げ、家老の座を射止めたいと思っているフシがある。あまり信用できる男ではない」

頼母は腕組みをし、声をひそめた。

「それにだ。萱野修蔵は、一乗寺常勝《つねかつ》と親しい間柄だ。大目付に引き上げたのも、家老の一乗寺常勝だった」

「萱野修蔵様は一乗寺派ということですか？」

「そういっていいだろう。もっとも本人は大目付になると、一乗寺常勝と敢《あ》えて距離を取るようになり、一乗寺派にあらずという顔をしているが、それは大目付という役目が藩の要路を取り締まる上で、公正中立でいなければならぬという建前からだ。わしは信用しておらぬ」

「さようでございますか」

「だから、もし、おぬしが、萱野修蔵となんらかのかかわりがあるなら用心しろ。やつは、いつ、おぬしを捨て駒にするかわからんからな」

「……………」

龍之介は己れはまだまだ人を見る目がない、ということを痛感するのだった。人の裏まで見通すようになるには、まだまだ己れは未熟だ。

龍之介は深呼吸し、姿勢を正した。

頼母は腕組みを解き、にこやかに笑みを浮かべて龍之介に聞いた。

「この報告書、いかがいたす？　大目付に回さねば、大目付は捜査に乗り出すことはできぬぞ」

「分かりました。御家老様に提出した報告書は、御家老様にお任せします」

「うむ。よかろう」

龍之介は、萱野修蔵の捨て駒になるのは嫌だなと思った。いまごろになって、萱野修蔵から受けた密命の危うさを思うのだった。

しかし、と龍之介は思い直した。

ともあれ、己れは大目付萱野修蔵から他言無用と約束させられた身であり、武士として、その約束は守らねばならないと思うのだった。守らねば武士としての義が立たない。

もしかすると、萱野修蔵は一乗寺常勝の意を受けて、龍之介に牧之介や真之助の事案を調べさせ、敵対者がどこまで真相を知っているのかを探ろうとしているのかも知れない。

そう考えると、龍之介は少し憂鬱になった。萱野修蔵にうっかり本当のことを洩らしてはいけないのかも知れない。

こんな時、信頼出来る大槻弦之助《おおつきげんのすけ》が居てくれたら、と龍之介は思うのだった。

大槻弦之助は大目付萱野修蔵の下で、隠密同心をしている。大槻弦之助は萱野修蔵が一乗寺常勝派だということを知った上で働いているのだろうか。

頼母は報告書を畳み、縮緬《ちりめん》の風呂敷に包んだ。

「龍之介、ところで、わしは明日、会津に戻る。もし、家族への手紙があれば、わしが預かるが、どうかな」

「明日、会津にお戻りになられるのですか？」

龍之介は驚いた。

「うむ。御上からご下命があった。至急に家老会議を開いて評定せねばならぬ問題が起こった。そのための帰郷だ」

「それがし、すぐに母上への手紙をしたためます」

「では、この机で書きなさい。紙や筆、墨や硯《すずり》も揃えてある。自由に使いなさい」

「ありがとうございます」

頼母は椅子から立ち上がった。

「わしは所用がある。手紙を書き上げたら、部屋の用人に渡しておいてくれ。いいな」

「よろしくお願いいたします」

龍之介は、書院を出て行く頼母に頭を下げた。

頼母が居なくなった後、龍之介はおもむろに、頼母が座っていた椅子に座った。母上や姉の加世《かよ》に向けて、何を書こうかと考えながら、机に向かった。

伝えたいことはたくさんある。こちらでの生活のこと、兄の什仲間の田島孝介を斬ってしまったこと、高木剣五郎こと竹野信兵衛《たけのしんべえ》を斬ってしまったこと、そのことで辛い思いをしていることなどなどだ。

だが、龍之介はすぐに、それらは書けないと思った。そんなことを書けば、母上も加世も余計な心配をするに決まっている。

そんなことは一切書かず、幸運なことに江戸で流行《はや》る虎狼痢《ころり》には罹《かか》らず、元気で生活していること、講武所での集団生活も楽しく、かつ順調にいっているので、どうぞ心配なさらぬように。

こちらの事情よりも、母上は健やかにお過ごしになっておられるのか、姉上加世の縁談は、その後、いかがになっているのか、などを、ぜひ報せてほしい旨を書くことにした。

硯の墨を磨《す》りながら、ふと奈美《なみ》の顔が目に浮かんだ。そうだ、奈美にもお礼の手紙を書こう。奈美の簪《かんざし》があったお陰で、高木剣五郎の撃剣に勝てたのだ。奈美への手紙も頼母に運んでもらおう。

龍之介は机の上の巻紙を拡げた。

硯の墨汁に筆先を浸け、おもむろに紙に筆を走らせはじめた。

丸窓の障子戸越しに、蜩の声が聞こえていた。

四

龍之介は書き上げた手紙を読み返していた。書き忘れたことはないか、書き足すことはないか、考えていた。

屋敷内が急に騒がしくなった。廊下を走り回る足音が書院にまで聞こえて来る。

龍之介は三通の手紙を束ね、筆や硯箱を片付けた。手紙は、母上、姉上、そして、奈美宛だった。

「御家老様！」

廊下から男の声がかかった。

書院の襖ががらりと引き開けられ、小姓が顔を覗かせた。

龍之介は小姓にいった。

「御家老様は、こちらには居られません」

小姓は引き攣《つ》った顔をしていた。日新館の先輩だったが、龍之介の顔を覚えていないらしい。

「失礼いたした。御免」

小姓の先輩は龍之介に謝り、あたふたと廊下を引き下がって行った。

小姓の慌てふためいた様子から、何事か重大なことが起こったのだろう、と龍之介は察した。だが、龍之介は何の役目にもついていない立場なので、何事か、と問う術《すべ》もなかった。

襖越しに廊下で話す声が聞こえた。

「……なにい、深川御屋敷が襲われただと……」

何をいっているのか分からないが、相手の男の声だけが聞こえる。

「まさか、蔵破り……」

「……」

「……が斬られたと？　ほかに怪我人は？」

「……」

もう一人が何事かを報告している。

「……金庫と……木箱十個が奪われた？……いったい、何者の仕業《しわざ》だ？」

「……」

「分からぬだと……これはお家の一大事だ。御上に何と申し上げたらいいのか」

「……」

あれこれと話す声は足音とともに遠くに消えて行った。

深川御屋敷が襲われただと？

聞き捨てならぬ話だった。

龍之介は急いで襖を開き、廊下で立ち話していた二人を探した。すでに二人は廊下の先を曲がり、姿を消していた。

龍之介は内心で思った。

このまま帰るわけにはいかない。

深川御屋敷は、会津藩のお抱え屋敷の一つだ。一乗寺昌輔の悪行を証拠立てる銃が保管されている蔵屋敷でもある。

まさか。その深川御屋敷の蔵が破られたというのか?

龍之介は頼母から、用人に手紙を預けろといわれていたが、何が起こったのかが知りたい。

頼母にはきっと報告が上がっている。このまま三田藩邸に帰る手はない。頼母が書院に戻って来るのを待って、何が起こったのかを聞くことにした。

「御免」

襖越しに声がかかり、すっと襖が開いた。顔見知りの用人篠塚和之典《しのづかかずのすけ》が顔を出した。

「御家老様からお聞きしました。手紙を預かるようにと」

「はい。かたじけない」

龍之介は、三通の手紙を篠塚に手渡した。

「いま頼母様は、どちらに居られますか？」

「御上の部屋を訪ねておられます」

「お戻りになられるでしょうね」

「はい。お戻りになられます。旅の用意もありますから」

「ここで待たせていただいてもいいですかね」

「もちろん、どうぞ。御家老様がお戻りになるまで、こちらでおくつろぎください。

では、これは、たしかにお預かりいたします」

篠塚は龍之介の三通の手紙を恭《うやうや》しく受け取り、部屋から出て行った。

龍之介は椅子に座り、あたりに耳を澄ました。

上屋敷は静寂に包まれていた。先刻の人の騒ぎは嘘のように消えている。丸窓を通して庭の気配が忍び込んで来る。鹿威《ししおど》しの石を叩く甲高い音が響いた。

辰巳芸者の武蔵の家が炎に包まれた最中でも、庭の鹿威しが音を立てていた。

武蔵の囁きが耳元に甦った。

もっと早くに……

炎に囲まれた中、背負った武蔵が耳元で囁いた。

もっと早くに……

龍之介に背負われた武蔵の軀は、熱を帯びていた。

囁きというよりも呟きにも思えた。

もっと早くに……ぬしに……

会いたかった……

龍之介の心には、そう聞こえた。はっきりとではない。意気と張りで生きる辰巳芸者の武蔵ではなく、普通の女に戻った武蔵の心の呟きだった。

その武蔵は龍之介の目の前で、刺客高木剣五郎に斬殺された。

おのれ、高木！

憤怒《ふんぬ》が龍之介の軀を震わせた。

どうして、あの時、己れは高木に体当たりしてでも止められなかったのか。いまとなっては悔いばかりが込み上げる。

龍之介の右腕が抑えようもなく、ぶるぶると震え出した。龍之介は左手で右腕を抱え、震えを抑えた。

高木剣五郎は、万字屋与兵衛《まんじやよへえ》を斬殺し、次には武蔵を斬った。

なぜ、そんなことをしたのだと問い詰めた龍之介に、高木は「恩ある人の密命だ」といった。

恩ある人の密命？

龍之介は腕組みをし、考え込んだ。

恩ある人とは、いったい、誰なのか？

会津藩の江戸詰めの若年寄一乗寺昌輔か？

いや、違う。たしかに高木剣五郎は、江戸で昌輔に刺客として雇われたが、昌輔が恩ある人とは思えない。

高木剣五郎こと本名竹野信兵衛は、もともと薩摩《さつま》藩士だった。竹野は薩摩藩内で上役の妻を寝取り、追われて脱藩したと聞いた。

脱藩しても、竹野信兵衛は藩から追捕《ついぶ》されることもなく、さまざまに名前を変えながら、薩摩藩邸への出入りが許されていた。高木剣五郎は、そうした変名の一つだった。

なぜ、竹野信兵衛は、薩摩藩から追捕されず、藩邸への出入りが許されたのか？

竹野に、そんなことが出来たのは、藩上層部に竹野の擁護者がいたからに違いない。

竹野のいう「恩ある人」とは、おそらく、その擁護者に違いない。

一乗寺昌輔は薩摩藩の竹野が「恩ある人」とする人物と繋がっている？

そこまで推理したところで、龍之介はまた謎にぶつかった。

武蔵が殺されたのは、口封じだった。武蔵は昌輔とエゲレス商人の密約を結ぶ現場に立ち合った唯一の証人だった。その密約を証拠立てる証文も、おそらく、あの火事で屋敷もろともに焼失しただろう。死んだ武蔵は証文を持っていなかった。

では、万字屋与兵衛は、なぜ、高木剣五郎に殺されたのか？

武蔵を口封じした件とは、また別の理由があったのに違いない。その理由とは、何だったのか？

再び、龍之介の前に闇が広がっていた。龍之介は立ち塞がる闇に足が止まった。

龍之介は胸に組んでいた腕を解《ほど》いた。

廊下にばたばたと人の足音が聞こえた。二人の足音だった。

龍之介は素早く椅子から立ち上がり、畳に正座した。手を付いて頭を下げた。

襖が音も立てずに開いた。

「おう、龍之介、まだ居てくれたか」

頼母が声をかけた。用人の篠塚和之典を従えていた。

頼母は龍之介の前を通り、洋式の椅子に腰をかけた。

「手紙三通は篠塚から受け取った。郷里の望月家と大槻家に届けるから安心いたせ」

「ありがとうございます。なにとぞ、よろしくお願いいたします」

龍之介は再び手を付き、頭を下げた。

篠塚は書院の隣にある控えの間に座った。

「龍之介、それはそうと、えらいことが起こった。ま、こっちの椅子に座れ。畳に座ったおぬしと、椅子に掛けたわしとでは、どうも話がしづらい」

頼母は丸い机の反対側にある椅子を指した。

「では、失礼します」

龍之介は立ち上がり、指された椅子に腰を下ろした。

「昨夜の丑三《うしみ》つ刻《どき》、我が藩の深川御屋敷が何者かに襲われ、警備の者が一人殺され、三人が負傷。蔵が破られ、蔵に保管してあった木箱が奪われたそうだ」

頼母はやや早口でいった。龍之介はうなずいた。

「やはり、我が藩の深川御屋敷でしたか。手紙を書いていた時、廊下が慌ただしくなり、深川御屋敷が襲われたという話し声を耳にし、それがしも、これは重大事だと、頼母様をお待ちしていた次第です」

「うむ。よりによって、わしが在所に帰ろうとしていた矢先だ。何があったのか、御上も心配されている。事件の全容が分かるまで、少し帰郷を延ばすことにした。家老会議で報告することもあるのでな」

「さようでございますか。で、殺された警備の人とは？」

「蔵屋敷を仕切っている物頭の桑田仁兵衛《くわたにへえ》が殺されたそうだ」

「襲った者たちは、何者ですか？」

「黒装束の一団だそうだが、まだ何も分かっていない」

「……そうですか」

龍之介は腕組みをした。

桑田仁兵衛は、突然に押し入った賊たちに立ち向かって斬り合った末に殺されたのか？

その時、ほかの番人たちは、何をしていたのか？

ともかく、賊たちが、どのように深川御屋敷の蔵を襲ったのかが気になった。

頼母は、にやりと笑い、龍之介の顔を見た。

「龍之介、おぬしは、しばらく講武所へ行かずともいいのであろう？」

「はい。講武所が再招集するまで、しばらく自宅に待機するようといわれています」

頼母は満足気にうなずいた。

「ならば、おぬし、深川御屋敷に行き、いったい何があったのかを調べて参れ」

「しかし、我が藩の蔵が盗賊たちに破られたとなると、我が藩の番方か、そうでなければ幕府の番方が取り調べに乗り出すのではないのですか？　それがしには、番方のような権限はありませんが」

頼母は頭を左右に振った。

「我が藩の面子がある。蔵を破られたことを幕府に訴えて、幕府の番方に捜査を依頼することはない。あくまで我が藩の番方の番頭《ばんがしら》が、事案の捜査や下手人の捕縛にあたることになる」

「さようですか」

龍之介は、それでは蔵破りは迷宮入りするな、と思った。会津藩の番方は在所ならともかく、江戸では蔵破りの下手人たちを捕まえ、取り調べる術はない。

「龍之介、今回、深川御屋敷の蔵が破られたことに不審を抱かぬか？」

「詳細が分かりませんので、何ともいえませんが……」

頼母はにやりと笑った。

「わしは、この蔵破りには裏がありそうに思っている。おぬしのお父上牧之介殿が切腹したのは、深川御屋敷の門前だったな。そのことに、きっと、この蔵破りは関係があると思うのだ」

龍之介も同感だった。

「それで、蔵からは、いったい、何が盗まれたのでございますか？」

「蔵からの報告では、蔵に保管してあった大量の銃だ。銃が盗まれたのだ。そのこともあって幕府には報告できない」

そうだろうな、と龍之介も思った。

銃は幕府が定める禁制品だ。幕府の許可なく、どの藩も銃を買ってはいけないことになっている。だが、各藩は幕府から暗黙の承認を受け、エゲレスやフランスから、しきりに銃を買い集めている。会津藩も、そうした藩の一つだった。

父牧之介は、会津藩の御用所密事頭取として、密かにエゲレスやフランスの商人と交渉し、銃器を買い込む仕事をしていた。

御用所は若年寄支配で、御用所密事頭取は、当然のこと、若年寄の命《めい》で動いていた。父牧之介が仕えた若年寄の上役は筆頭家老の北原嘉門だった。父上は、その北原嘉門に諫言する遺書を残して切腹した。その遺書は、どこかに消え、父牧之介が何を諫言しようとしたのかは、いまも謎になっている。

一乗寺常勝が筆頭家老になるや、常勝の弟昌輔が若年寄に引き上げられた。兄真之助は、なぜ、父牧之介が切腹したのか、その謎を探るうちに、昌輔に謀殺されてしまった。

父牧之介の死も、兄真之助の死も、深川御屋敷に保管された大量の銃にからんでいた。その大量の銃が何者かに強奪されたのだ。

頼母は苦々しくいった。

「龍之介、我が藩の番方が事件の捜査に乗り出すとして、その番方の大番頭《おお》は、久米《くめ》馬之介《うまのすけ》だ」

「久米馬之介殿ですか」

久米馬之介のことは、知らないでもない。日新館の大先輩で、名立たる剣の遣い手だと聞いている。

「久米馬之介は、一乗寺常勝が弟昌輔の護衛役に抜擢した男だ。その意味は分かるな」

「昌輔の息がかかった大番頭ということですね」

「そうだ。そんな久米馬之介が蔵破りの捜査にまともに取り組むと思うかね」

頼母は頭を左右に振った。

「この蔵破りには、なにやら裏がありそうだ」

「さようで」

「久米馬之介は、大番頭として、形だけ捜査はするだろうが、きっと事件をうやむやにし、闇から闇に葬ろうとするだろう。そこで、おぬしが事件を調べ上げ、真相を突き止めてほしいのだ。できるかな」

「はっ、やってみます」

「龍之介、いいか。わしの考えでは、きっと蔵破りは、おぬしの父上や兄上の死と関係がある。それをなんとしても明かしてくれ。そうすれば、おぬしの父上の魂も、兄上の魂も浮かばれる」

「はい。分かりました」

「これは、わしの密命だ。万が一、おぬしが苦境に立ったら、必ずわしが出る。会津藩のために、おぬしの父上、兄上のために、頑張ってくれ」

「必ず、真相を突き止めて、ご報告いたします」

頼母は控えの間に座った用人の篠塚和之典を振り向いた。

「篠塚、聞こえたな」

「はい」

篠塚は静かな声で答えた。

「篠塚はわしが信頼する男だ。今後は、わしが居ない場合は、篠塚にいえ。金でもなんでも必要なものは用意させる。わしに会えずとも、篠塚にいえば、必ずわしに連絡をつけてくれる。いいな」

「はい。分かりました」

龍之介は篠塚に目をやった。

篠塚は、何もいわず、龍之介に頷き返した。

丸窓の障子戸越しに鹿威しの石を叩く音が響いた。

五

龍之介が乗った猪牙舟《ちょきぶね》は神田川を下り、大川へ入った。

大川の川面は、午後の陽射しを乱反射して、きらきらと輝き、目が痛かった。

龍之介は笠の縁を摑み、陽射しを避け、対岸の深川の街並を眺めた。

猪牙舟は新大橋《しんおおはし》の下を潜り抜け、大川を横切ると、小名木川《おなぎがわ》に入って行った。船頭には行く先を告げてある。

右手の岸に花街が広がっている。舟は万年橋《まんねんばし》の下を抜け、やがて太鼓橋《たいこばし》の高橋《たかばし》の船着場に横付けになった。

龍之介は船頭に小銭を払い、岸に上がった。

花街は、夕方が近いこともあり、町の住民たちは、客を迎える準備に大わらわだった。粋《いき》な着物姿の女将《おかみ》や仲居《なかい》が、いそいそと店の外に出て、暖簾《のれん》を掛けたり、道に打水をする。

若い者が物見遊山に来た遊び客たちを呼び止めて、どこかの店に案内しようとする。花街はこれから宵にかけてが賑やかになる。

「もし、おサムライ……」

若い者が龍之介に声をかけようとしたが、龍之介の顔を知っていたのか、すぐに客ではない、と諦めて離れて行った。

龍之介はのんびりと歩き、路地に折れて、奥へと進んだ。やがて、黒塀に囲まれた瀟洒《しょうしゃ》な仕舞屋《しもたや》が見えた。門柱に会津掬水組《きくすいぐみ》の看板が掛かっている。

玄関の前では、組の若い者たちが箒で掃除をしていたが、龍之介を一目見ると、一斉に頭を下げた。

「客人、お帰りなさい」「お帰りなさい」

「ただいま」

龍之介はそう応えながら、苦笑した。

帰って来たわけではないが、組員たちは、龍之介を組の大事な客人と思っている様子だった。

「鮫吉親分はいるかい」

「へい。おります」

小頭らしい若い者が手下に叫んだ。

「おーい、誰か親分に知らせろ。龍之介様がお戻りになられたぞ」

「桶を持って来い。客人の足をお洗いしろ」

「へーい、ただいま」

若い者たちは、水を入れた桶を持って来た。そのうちの一人が、上がり框《かまち》に座った龍之介の雪駄《せった》を脱がせ、手早く両足を洗い、汚れを落とした。

「龍さん、ようこそお越しくださいましたな」

廊下の奥から、鮫吉が現われた。鮫吉の後ろに助蔵《すけぞう》や銀兵衛《ぎんべえ》が控えていた。

「突然だが、少々頼みがあって参った」

「分かってまさあ。深川御屋敷の蔵破りの件でやしょう?」

鮫吉はにやりと笑った。

「さすが、鮫吉親分」

「そりゃあ、分かりますぜ。あっしら、深川御屋敷や大川端屋敷の荷役を請け負ってますからね。その蔵が破られたとなると、黙って引っ込んでいるわけにいかねえ」

鮫吉は龍之介を奥の座敷に案内した。

龍之介は、助蔵や銀兵衛と会釈を交わし、鮫吉の後について、客間の座敷に足を進めた。

掃き出し窓は、障子戸ががらりと開けられ、爽やかな風が入って来る。

龍之介は脇差しを抜き、風通しのいい縁側近くの席にどっかりと座った。

「おーい、龍さんに、冷えた水と西瓜《すいか》をお持ちしろ」

鮫吉は龍之介の前に座り、若い者に叫んだ。

「へーい、ただいまお持ちします」

生きのいい返事が聞こえた。

助蔵も銀兵衛も、鮫吉の後ろに並ぶようにして座る。

たちまち、台所から若い者たちが冷えた井戸水やら、井戸で冷やした西瓜を盆に載せて運んで来る。

龍之介は恐縮した。遊びに来たわけではない。

「鮫吉さん、お構いなく」

「龍さん、あっしのことは、呼び捨てにしてくれといったでしょう」

若い者たちが、龍之介や鮫吉、助蔵、銀兵衛の前に盆に載せた西瓜を出した。盆の脇には、団扇《うちわ》が置かれていた。

「まずは、龍さん、西瓜を食いながら、話を伺いやしょう」

鮫吉は西瓜の切れ端を手にすると、がぶりと西瓜に食らい付いた。龍之介も同様に西瓜にかぶりつく。助蔵も銀兵衛も西瓜を食べはじめている。

「たぶん、龍さんが御出《おい》でになるだろうってんで、蔵破りの様子を、蔵屋敷の使用人たちから聞き出しておきやした」

鮫吉は口に含んだ西瓜の種を盆の上に吐き出しながらいった。

「どんな具合だったのだ？」

龍之介も口をもぐもぐさせ、種を吐き出しながら尋ねた。

「襲われたのは、丑三つ刻でさあ。敵は寝込みを襲いやがったそうです。いつもは一晩中点灯している行灯《あんどん》が、全部消されていて、あたりは真っ暗闇。そこに十数人の曲者が打ち込んで来て、番人や下男下女、全員、刃物を突き付けられ、有無《うむ》をいわせず、手足を縛り上げられた。その手際のいいこと、あっという間もなかったそうでやす」

龍之介はまた西瓜にかぶりついた。

「で、いったい、賊はどこから、蔵屋敷に侵入して来たというのだ？」

「それが暗いので分からなかったそうですが、舟で来たのでは……」

鮫吉は別の西瓜にかぶりつき、しばらく何もいわず食べることに集中した。龍之介も、同様に黙って西瓜を食べる。

「おおう食った食った。うまかった、べコまけた」

鮫吉は笑いながら、腕で口元を拭った。

龍之介も西瓜を食べ終わり、盆に西瓜の皮を戻した。懐紙《かいし》で口元を拭う。

「一人殺されたそうだな」

「そう。番方の詰め所にいた物頭の桑田仁兵衛様。桑田様たちは、どうやら賊に気付いて、立ち向かったらしい。そのため、桑田様は斬死、ほかに三名が斬られたが、命は助かったそうでやす」

「で、盗まれた物は？」

「銃が入った木箱が十箱、それから、金庫だとのことです」

「木箱一箱に、銃は何挺ほど入っていたのだ？」

「十挺は入っていただろう、と。だけど、誰も正確な数は知らないそうで。なにしろ、厳重に梱包されていて、誰も見てはいかんと、命じられていたそうなんです」

「誰に、そう命じられたというのだ？」

「普段は、桑田様。その桑田様も上からいわれていたらしい」

「上というのは誰か？」

「そこまでは、あっしらも聞き出していませんので」

鮫吉は首をすくめた。

「ところで、聞き込んでいるうちに、妙なことが分かったんでさ」

「妙なこと？」

「蔵屋敷の各所にあった行灯や灯明《とうみよう》が、事前に消されていたんじゃねえか、と」

「誰かが手引きをしたというのか？」

「使用人の一人が、夜中に小便がしたくなって起き出し、厠《かわや》に行かず、蔵の陰に行って、立ち小便していたんだそうで。その時、影が動き、廊下の行灯の灯明が一つ一つ消えていった。小便しながら、誰かがいたずらで、灯明を消して回っているのかなって思ったそうなんです」

「その使用人は、灯明を消す人影を見て、誰だと思ったのだ？」

「不寝番の番人じゃなかったのか、とそいつはいってやした。だから、いたずらでもしているのか、と思ったらしい」

「で、その使用人は、その後、どうした？」

「眠いので、また部屋に戻り、寝床に入って寝てしまった。そして、おい、起きろ、と起こされたら、脇差しの抜き身が首にあてられていた。暗がりの中で、覆面をした男が脅した。命が惜しかったら、おとなしくしていろ、と。そして同僚と背中合わせに座らされ、両手両足と胴体を縄でぐるぐる巻きにされてしまったそうです」

「ほかの連中は？」

「大同小異、似たようなもので、真っ暗な中だったので、男たちの様子はまったく分からないといっていましたね」

「訛《なま》りはなかったか？　会津訛りとか、江戸弁だとか、どこかの地方の訛りはなかったのかな？」

「なんせ、みな、押し黙っていて、ほとんど会話もしていないようだった。ただ、頭《かしら》らしい男だけが命令し、ほかの黒装束たちは、きびきびした動きで、命令に従っていたらしい」

龍之介は茶碗の水をごくりと飲んだ。

「詰め所にいた番人は何人だと？」

「四人だったそうです」

「そのうちの物頭桑田仁兵衛だけが斬られて死んだ。ほかの連中は、それを黙って見ていたのか？」

「そのあたりは、怪我人たちに聞いていないので分かりません」

「鮫吉、桑田以外の三人が誰なのか、調べてくれ。直接、あたって様子を聞きたい」

「ようがす。調べましょう」

「銃の木箱は十箱盗まれたそうだな」

「へえ。そういってます」

「銃のほかに、金庫が盗まれた」

「へえ。そうらしいでやす。金庫が姿を消していたそうですから」

「金庫は重いだろうに」

「力自慢の男が四人いれば、運べるそうです」

「中には何が入っていたのだ？」

「金子《きんす》が入っていたと、中間仲間はいっていましたが、自分の目で見たわけではないそうです。ある男によれば、大量の証文が入っていたといっていましたから」

「金庫の鍵は、誰が持っていると？」

「桑田様、あるいは、その上の方だといっていましたね。金庫を持って行っても、鍵がないと、開けるのがたいへんだろうと笑っていましたよ」

龍之介は腕組みをした。

「鮫吉、済まないが、聞き込みをしてくれないか。いくら丑三つ刻とはいえ、深川御屋敷に漕ぎ寄せた舟を見たやつがいるはずだ。夜中に、大勢で金庫や木箱十個を船に積むところを見たやつがいると思う。そいつらを聞き込んでほしい」

「合点《がってん》です。銀兵衛、聞いたな」

「へい。親分」

「みんなを集め、深川御屋敷周辺の宿や飲み屋、船頭、辻番屋などを虱潰《しらみ》しにあたってくれ」

「分かりやした」

銀兵衛はすっと立ち上がり、玄関の方に引き下がった。やがて、大声で子分たちに指示する声が聞こえてきた。

龍之介は腕組みをしたまま目を閉じた。

「龍さん、あっしら、どうしましょ？」

「乗り込む」

鮫吉は驚いた。

「乗り込むって、どこへ？」

「現場の深川御屋敷だ。現場を見ずして何も語ることなかれだ。現場を見れば、きっと何かを思いつく。現場百遍。一緒に行ってくれ」

「分かりやした。御供します」

「私も御供します」

鮫吉に続き助蔵がいった。

「助蔵さんは、あまり出歩かない方がいいのでは。誰かに命を狙われているかも知れない」

「高木剣五郎が死んだとすれば、とりあえずは安心。それに、現場に行けば、私なら、銃の種類とか、熟知してます。きっと何か参考になることが見つかるかと」

助蔵はにんまりと笑った。

「よし、分かった。助蔵さんも、一緒に来てくれ」

龍之介は立ち上がり、脇差しを腰に差した。

鮫吉も助蔵も、勢いよく立った。

六

龍之介は鮫吉と助蔵の二人を従え、小名木川沿いの道を歩いて、深川御屋敷に向かった。鮫吉がいうように、深川御屋敷は会津掬水組の詰め所から歩いて、すぐの大川端にある。

もう一つのお抱え屋敷の大川端屋敷も、大川沿いにある蔵屋敷だが、小名木川が大川に合流する手前に架かった万年橋を渡って、向こう岸に出て、さらに大川沿いに少し行った先にある。

深川御屋敷は、万年橋を渡らず、大川に突き当たり、川沿いの道を左手に行ったところにあった。

龍之介は、これまで何度も深川御屋敷に足を運んだ。父牧之介が割腹した現場に立つためだった。

西に傾いた太陽の強い陽射しが、深川御屋敷の白い壁を照らしている。龍之介は、門前に差しかかり、足を止めた。

門前は船から荷揚げするため、砂利《じゃり》を敷きつめた空き地になっていた。父牧之介は、その砂利の空き地で腹を切った。

そう思うと、龍之介は自然に両手を合わせ、父の御霊《みたま》に祈りを捧げるのだった。傍らで、鮫吉と助蔵も両手を合わせて頭を下げていた。

一通り、お祈りを済ますと、鮫吉がいった。

「さ、龍さん、蔵屋敷に乗り込みましょう」

鮫吉はさっそく、門前に立った門番のところに歩み寄った。門番と鮫吉は顔見知りの様子だった。

「お勤めご苦労さんです。本日は御用の筋で、会津藩士望月様のご案内を務めておりやす」

「望月様……」

門番は緊張した面持ちになった。

「ご苦労さまにございます」

門番は龍之介の顔を見、慌てて頭を下げた。顔に戸惑いの色が見えていた。

龍之介は悠然と構えて門番に訊いた。

「大番頭の久米馬之介様のお調べはござったかな？」

「いえ、まだでございます」

番小屋で休んでいた門番仲間が、表での龍之介たちとの会話を聞き付けたのか、慌てて飛び出して来た。

先の門番が後から出て来た門番仲間に、御用の向きで、龍之介たちが来たことを告げた。

門番たちの小頭らしい年長の男が、龍之介に頭を下げた。

「大番頭様のお越しをお待ちしていたのですが、まだ久米馬之介様は御出でにはなられておりませぬ」

「さようか。久米殿もお忙しいお方だから、すぐには駆け付けることができぬのだろう。まあ、いい。ところで、それがしには、この度、御上から、久米殿とは別に、今回の深川御屋敷の蔵破りについて調べるよう御下命があった。だから、くれぐれも、それがしのことについては、久米殿たちに内密にするようお願いいたす」

「はあ、御上からの御下命ですか」

「御上は、久米殿がちゃんとお役目を果たしているかどうか、お調べになっている。それがしの調べと違えていないかどうかを、お調べになるのだ」

「さようで」

「もし、久米殿の耳に、おぬしたちから、それがしのことが洩れたら、おぬしたちには必ず厳しいお咎めがある。だから、絶対にそれがしが来たことを内密にするようお願いいたす」

「はい。分かりました。みんなも、望月龍之介様が来たことは内密だぞ。いいな」

小頭は頷き、門番仲間を見回し、保秘の念を押した。

「それで、盗まれたものは？」

小頭は言っていいものかどうか、一瞬口籠もった。

「いずれ、分かることだ。正直に申せ。おぬしたちの責任ではない。御上に嘘をついたら、それがしが許さぬ」

小頭は口を開いた。

「盗まれたのは、鉄砲の入った木箱十個とのことです」

「鉄砲は、それで全部か。もう鉄砲は蔵に残っていないのか？」

「申し訳ありませんが、あっしら門番には、蔵の中のことは、分かりません」

「鉄砲の木箱のほかに、盗まれた物はないか？」

「金庫も盗まれたと聞きました」

「金庫には、何が入っていた？」

「さあ。あっしらには分かりません。噂では、大量の金子だと聞いています」

「おぬしたち、蔵破りの盗賊たちを見たのか？」

「いえ。昨夜は張戸鉄《はりとてつ》たちの組の番でして、あっしらではありません。張戸たちは、昨夜のこともあって、いまは全員、長屋に帰って休んでいます」

「おぬしらは、何組なのだ？」

「あっしは、佃《つくだ》組の小頭佃三吉《さんきち》と申しやす。今朝張戸組と交替し、明朝まで当番をいたしやす」

龍之介はちらりと鮫吉に目をやった。鮫吉はうなずいた。

「後で手下たちと手分けして、張戸たちに聞き込みをかけます」

龍之介は佃に訊いた。

「この蔵の警備をしていた番方が賊に斬られたそうだな」

「へい。蔵屋敷の物頭の桑田仁兵衛様が斬死されました」

「御遺体は、どこにある？」

「番方の詰め所に御遺体は安置してあります」

「御遺体を見せてくれるか？　斬られ具合を見たい」

佃は門番仲間たちと顔を見合わせた。

「蔵屋敷の頭取が留守でして、あっしらはなんと答えたらいいのか……」

「おいおい、望月龍之介様は、御上から御下命されているんだぜ。それを断るっていうんかい」

鮫吉が詰め寄った。

「いえ。そういうわけでは。あっしらでなく、番方の責任者に訊いていただかないと」

小頭の佃はおろおろしていた。龍之介は穏やかにいった。

「それがしが責任を取る。もし、誰かが問題にしたら、それがしに申すがいい。それがしは御遺体を検分し、御上に報告せねばならぬのだ」

龍之介は、毅然《きぜん》とした態度でいった。

「分かりました。番方の詰め所にご案内します。番方のお侍たちには、望月様からご説明願います」

「分かった。案内を頼む」

小頭の佃は、門番たちに後のことを頼み、先に立って歩き出した。

佃の後から、龍之介と鮫吉、助蔵が続いて歩く。

敷地には平屋の立派な屋敷が建っていた。蔵屋敷の頭取や事務方の役人たちが詰めている事務所だ。がらりと開かれた座敷に机を並べ事務方の役人たちが座っている。

事務を執っている役人たちは龍之介たちに気付いて、ちらりと顔を見せたが、すぐにまた机の上の書類に顔を戻した。

屋敷の裏手に広い敷地が広がっていた。大小七棟の蔵が並んで建っている。大きな蔵四棟は会津で穫れた米を納めた蔵だった。

四棟の米蔵の脇に小振りな造りの蔵二棟があった。その二棟には、会津の特産品の絹糸や蠟燭《ろうそく》などの物産品が収納されている。

「昨夜、破られた蔵は、いちばん奥にある蔵でした」

小頭の佃はそういいながら、敷地の奥を指さした。櫟《くぬぎ》の木立があった。その木立に見え隠れした一際大きな蔵が一棟建っていた。さらに、その蔵に寄り添うように家屋があった。

家屋の前を通り抜けた先に裏木戸が見えた。

鮫吉が龍之介に囁いた。

「あれが番方の詰め所でやす」

家の戸口は開け放たれ、かすかに線香の匂いがする。小頭の佃は家の戸口から顔を覗かせ、板の間にいた若侍に声をかけた。

龍之介は戸口から家の中を窺った。土間に続いて板の間があり、その奥に座敷があった。

座敷に布団が敷かれ、遺体が横たわっていた。遺体の前に簡素な祭壇があり、蠟燭の炎と線香の煙が揺らめいていた。四人の侍たちが神妙な面持ちで、祭壇の前に座っていた。

四人のうち、三人は腕や顔に真新しい包帯を巻いていた。

土間にいた若侍は、佃から話を聞きながら、龍之介の方を見た。若侍はすぐに座敷に上がり、遺体の前にいた侍たちのところに歩み寄り、初老の侍に囁いた。初老の侍はうなずき、若侍とともに板の間に出て来た。

初老の侍は板の間に正座し、龍之介に頭を下げた。

「それがし、元小普請組小頭の川谷仇蔵《かわたにきゅうぞう》と申す者にございます。望月龍之介様でございますか？」

川谷仇蔵は親しげな目で龍之介を見た。

父を知っている男か。

「はい」

「お初にお目にかかります。お父上望月牧之介様には、生前、いろいろご指導を受けた者にございます」

「父の知り合いでござったか」

龍之介は思わぬ出会いに、ほっと緊張が解けた。父の知り合いならば、話は早い。

「牧之介様がお亡くなりになられたこと、まことにご愁傷さまにございます。遅れ馳せながら、お悔やみ申し上げます」

川谷仇蔵は、両手を股《もも》に付けて、龍之介に深々と頭を下げた。後ろの若侍も慌てて頭を下げた。

「ありがとうございます。天上の父も、さぞ喜んでおることでしょう」

「恐れ入ります」

川谷仇蔵は恐縮した様子で、龍之介にいった。

龍之介は川谷仇蔵にいった。

「昨夜亡くなられた桑田仁兵衛殿にご焼香させてください。そして、ぜひに御遺体を拝見したい。どのように斬られたのか斬り口を見させていただき、御上に報告せねばならないのでございます」

「さようでございますか。どうぞ、お上がりください」

川谷仇蔵はうなずいた。

「では、御免」

龍之介は脇差しを腰から抜いて、脇に携え、板の間に上がった。

「どうぞ、御供の方々も、故人にご焼香なさってください」

川谷は神妙に控えている鮫吉や助蔵にも上がるように促した。

「失礼仕《つかまつ》る」

龍之介は遺体の前に控えた侍たちに頭を下げ、膝行《しっこう》して焼香台の前に座った。

焼香し、桑田仁兵衛の遺体に手を合わせた。

祭壇には、まだ戒名を記した位牌もない。

続いて鮫吉と助蔵も焼香した。

龍之介は布団に横たわった桑田仁兵衛の遺体を眺めた。顔には白布が被せられ、遺体には白い経帷子《きょうかたびら》が着せられていた。

「御免」

龍之介は焼香台を回り込み、遺体を横たえた布団の前に座った。

川谷仇蔵が遺体を挟んで反対側に座った。

龍之介はいま一度遺体に合掌した。

「では、失礼仕る」

龍之介は顔にかかった白布をめくった。白蠟のような顔が現われた。目を閉じ、安らかな死に顔だった。

「川谷殿、お手伝い願えるか」

龍之介は川谷仇蔵に声をかけ、桑田仁兵衛の軀を起こし、経帷子を脱がしにかかった。

「はいっ」

川谷仇蔵は青ざめた顔で、龍之介と一緒に遺体を起こす。すでに遺体は硬直していた。

「龍さん、あっしらもお手伝いします」

鮫吉と助蔵が布団の遺体ににじり寄り、遺体の帷子の帯を解き、上半身を裸にした。

左胸の心の臓付近に二寸ほどの切り傷があった。黒々とした血糊が傷口にこびりついていた。

龍之介は桑田仁兵衛の背中を見た。背の肩甲骨の下あたりに、小さな傷口があった。

ほかには切り傷が見当らない。

刺殺だ。

刀の抜き身を水平にして、心の臓を一突きする。刀の刃を横にするのは、胸の肋骨《ろっこつ》の間に突き入れるためだ。刀の切っ先は、ぬるっと軀の中にめり込み、背に抜ける。

刀はまるで豆腐か泥の塊《かたまり》に刺さるように、何の抵抗もなく入り込む。

龍之介は、人に刀を突き入れた時の、ぬるりとした感触を思い出した。右腕が抑えようもなく震え出した。

「龍さん、でえじょうぶですかい」

鮫吉が龍之介に囁いた。助蔵も心配そうに見ている。

「大丈夫だ」

龍之介は左手で右腕を押さえ込んだ。

川谷仇蔵は怪訝そうに龍之介を見ていた。ほかの侍たちも、固唾《かたず》を呑んで、龍之介を見ていた。

「即死だ。いきなり、刀を突き入れられ、絶命した。おそらく、叫ぶ暇もなかっただろう」

龍之介は、怪我をしている三人の侍に向いた。

「おぬしたち、頭の桑田仁兵衛殿が刺殺されるのを目撃したのだろう？」

三人の侍たちは、互いに顔を見合わせ、おろおろしていた。

三人の一人が急いでいった。

「暗がりの中だったので、それがしたちは、何も見ておらなんだのでござる」

中年の侍が付け加えた。

「さよう。気付いたら、黒装束の連中に取り囲まれ、斬られたのでござる」

三人目の目の鋭い侍も頭を振った。

「それがしたち、暗闇の中、逃げるのが精一杯でござった」

「川谷仇蔵殿は？」

「それがし、昨夜は非番で、ここには居《お》らなかったのです。居れば、桑田仁兵衛様をこんな目には……」

川谷仇蔵は無念そうに唇を噛んだ。

「おぬしら、賊と斬り結んだのではなかったのか？」

龍之介は尋ねた。

「我々、昨夜、酒を喰らい、賊に押し込まれた際には、みんな、すっかり寝込んでおったのです」

目付きの鋭い男がいった。中年の男が頷きながらいった。

「目を覚ました時には、傍らに賊たちが立っていて、刀を突き付けていたのでござる。面目ない」

「そうそう。寝込みを襲われたので、刀を取る暇もなかったのでござる」

小太りの男が付け加えた。

龍之介は鮫吉と助蔵に、遺体に帷子を着せて元通りに寝かせるようにいった。鮫吉と助蔵は、「へい」と返事をし、遺体に死に装束を着せはじめた。

龍之介は怪我をしている侍たちを見回した。

「おぬしら、どこに寝ておったのだ？」

「この部屋でござった」

「桑田殿もか」

「はい。一緒でござった。四人全員、この座敷に雑魚《ざこ》寝しておったのでござる」

川谷仇蔵が付け加えた。

「当番の夜は、ここで一晩過ごすのです。通常、一組五人が不寝番を立てて、この部屋に泊まり込みます。昨夜、それがしは法事があって休んだので、四人組だったのです」

「不寝番には、誰が立ったのです？」

龍之介は敢えて訊いた。不寝番が立っていたら、賊に押し入られても寝込みを襲われるはずがない。

「いつも、何も起こらないので、ついつい、油断しておったのです。不寝番も立てなかった」

「頭の桑田様が、今夜はいいだろうと、不寝番を立てなかったのです」

死人に口なし。生き残ったやつは決まって死んだ者の責任にする。

龍之介は呆れた。それにしても、と龍之介は思った。

こやつら、口裏を合わせている。

「おぬしたちの名前を聞かせてほしい」

三人は顔を見合わせ、どうしようと、もじもじしていた。川谷仇蔵が三人を促すようにいった。

「望月様に協力しろ。きっと悪いようにはしない。そうですな」

「もちろんだ。おぬしたちは、被害者だ。賊に斬られて怪我もしている。どこを斬られたのかも、報告せねばならん」

川谷仇蔵がうなずいた。

「それがしが、紹介しましょう。こやつが、中平小兵《なかひらこへい》。足軽組小頭」

川谷は、まず小太りの男を指した。

中平小兵は、龍之介に頭を下げた。足軽組小頭は士分ではあるが、身分は下士《かし》である。

中平小兵は左腕を三角巾で吊っていた。

「こやつは、原常之介《はらつねのすけ》、元弓手組」

川谷は、目付きの鋭い男を指した。

原常之介もちょこんと頭を下げた。原は頭に白い包帯を巻いていた。胸元にも、白い晒が見えた。頭と胸を負傷している様子だった。

弓手組にいたとすれば、中士だ。

川谷は、最後に痩身の中年の侍を指した。

「こやつは、坂野圭介《さかのけいすけ》でござる。元鉄砲組で小頭を務めた男」

「よろしう」

坂野は右肩を痛そうに押さえながら、頭を下げた。坂野は右手も包帯でぐるぐる巻きにしていた。鉄砲組小頭は中士でなければなれない。

「最後に、訊いておきたい。襲って来た賊についてだ。何者だと思った？　まず、侍か、それとも無頼のやくざ者だったか」

「暗闇の中だったので、風体《ふうてい》は分からなかったですが、動きは、いずれも侍だと思いました」

原常之介に続けて、坂野圭介も答えていった。

「それがしも、賊は物腰や仕草、動作から考えて侍だと思った。いずれも、腰に脇差しを差していた」

「なんせ、行灯も消されて、真っ暗闇だったからなあ。わしら逃げるのが精一杯で……」

中平小兵が笑いながらいった。

龍之介は三人を見回しながら訊いた。

「ほかに、賊たちについて、覚えていることはないか。なんでもいい」

「…………」

三人は互いに顔を見合わせていた。

「臭いでもいい。歩き方でもいい。何か覚えていることはないか」

「…………」

「桑田殿を殺したやつについては、分からないか。桑田殿を刺したやつは、どんな黒装束の男だったか、誰か覚えていないか」

原常之介がようやく口を開いた。

「桑田様を斬ったやつは、かれらの頭だった」

「どうして、頭だと分かったのだ？」

「手下に、命令していたからです。ほかの者は誰も口をきかなかった」

「その頭は、なぜ、桑田殿を斬ったのだ？」

「……入って来るなり、そいつは大声で叫んだのだ」

「なんと？」

「桑田仁兵衛は、どいつだ、と怒鳴った」

原常之介がためらうようにいった。

「それで、桑田殿は、どうした？」

「それがしだ、と名乗った。そうしたら、いきなり、その頭は刀で桑田様に斬り付けた。な、そうだったな」

原常之介は、中平小兵と坂野圭介に同意を求めた。坂野も中平も、そうだそうだ、と口を揃えた。

「そうです。頭らしい男が、桑田様を刺し殺した」

龍之介は、鮫吉と顔を見合わせ、さらに訊いた。

「ほかに、何か気付いたことはないか。なんでもいい。おぬしたちしか、蔵破りの連中のことを知らないのだから。何か思い出せ」

中平小兵が考え考えいった。

「そういえば、やつらが出て行った後、壁に妙な絵を描いた書き付けが貼ってあったんです」

「書き付け？」

「はい」

「その書き付けは？」

中平小兵は、立ち上がり、部屋の中を見回した。

「誰かの悪戯《いたずら》描きだと思い、丸めて捨ててしまったんですが」

助蔵が床の間の隅から、くしゃくしゃに丸めた紙切れを拾い上げた。

「これですかね」

「ああ、それそれ」

龍之介は助蔵から紙切れを受け取り、皺《しわ》を伸ばしながら広げた。

紙には、黒々と黒い鳥とも人影とも取れる絵が描いてあった。

「人影の顔は鳥の嘴《くちばし》のようになっているな」

鮫吉が覗き込んだ。龍之介はいった。

「おそらく、これは烏天狗《からすてんぐ》だ」

「違《ちげ》えねえ」

鮫吉は大きくうなずいた。

中平小兵がはっと気付いた。

「そういえば、やつらが押し入った時、いっていました。烏天狗党参上、と」

「うむ、たしかに」

坂野圭介がうなずいた。原常之介も思い出した。

「拙者も、そう聞いた。烏天狗党参上と。最初聞いた時は、何をいっているのか分からなかったけれど、そうだ。烏天狗党だ」

烏天狗党だと？

龍之介は鮫吉や助蔵と顔を見合わせた。

いったい、何者なのだ？

龍之介は、新たな敵の登場に腕の震えが止まっていたのに気付いた。

いつの間にか、蔵の白壁に夕陽が映えて、茜色《あかね》に染まりはじめていた。

第二章　消えた高瀬舟

一

ゆったりと大川は流れている。

すっかり薄暗くなった川面を、屋根船、猪牙舟、高瀬舟といった様々な船が行き来している。いずれの船も舳先《へさき》に船提灯《ふなぢょうちん》をぶら下げている。

夜間に川を航行する船は、舳先に船提灯を下げるのが決まりだった。そうしない船は、不審船として、船手組《ふなてぐみ》の役人の取り調べを受ける。

「どうも解《げ》せんな」

龍之介は深川御屋敷からの帰り道、大川の川端に足を止め、腕組みをした。

「たしかに妙でやしたね」

傍《かたわ》らの鮫吉も、川面を行き交う船を眺めながらいった。

助蔵は何もいわず、まだ残照に輝く雲を眺めていた。

蔵が破られるという一大事が起こったにもかかわらず、深川御屋敷は捕り方の役人たちの出入りもなく、まったく何事もなかったかのように平穏で静かだった。

ただ一つ、蔵破りがあった事実を証していたのは、棺が用意され、当夜、殺された桑田仁兵衛の密葬が、ほんの少人数で行なわれようとしていたことだけだった。上役も遺族の姿もない、しめやかな通夜が営まれていた。

龍之介たちが帰るころになって、ようやく近くの坊主が駆け付け、お経を上げていた。これでは、死んだ桑田も浮かばれないだろう。

「仮にも天下の会津藩の蔵屋敷がですよ、真夜中に夜盗たちに襲われたんですぜ。しかも番方の役人が一人殺され、三人も負傷している。そんな一大事なのに、どうして藩は大騒ぎしないんですかねえ」

鮫吉は憤懣《ふんまん》やる方ない、という口調で吐き出した。

助蔵が静かにいった。

「会津藩は、下手《へた》に騒がれてはまずいので、あくまで内々に事を収めようとしているのでしょう」

「うむ。そうとしか思えないな」

龍之介は頷き、頭を振った。

鮫吉は唸った。

「どうして、藩の偉いさんたちは、蔵破りがあったことを隠そうとしているんですかね」

「盗まれたものが、ものだからだろう」

龍之介は、苦々しくいった。

蔵から強奪されたものは、禁制品の銃を入れた木箱だった。いくら会津藩が、徳川親藩であったにしても、大量の銃を購入することは許されていない。だが、幕府には、各藩が禁制品の銃を大量に外国から仕入れるのを取り締まる力はない。

もし、幕府が強権を発動し、江戸の藩邸や蔵屋敷に押し入り、禁制品を摘発しようとしたら、戦《いくさ》になる。力のない小藩ならいざ知らず、薩長《さっちょう》などの有力な地方の大藩であったら、幕府とて容易には力で屈伏させることは難しい。

江戸にある各藩の藩邸や蔵屋敷は、事実上治外法権を持っているといえた。藩はほぼ国内国のような存在であり、幕府といえども藩の内政にあまり干渉しない、あるいは干渉出来ないのが、幕藩体制の現実だった。

藩の政事は基本、藩に任せる。その代わり幕府は藩を監視し、圧力をかける。大名が幕命に反したり、幕府の定める法令を守らなかったら、幕府は強権を発動し、大名を改易したり、転封《てんぽう》を命じる。従わなければ武力を使ってでもいうことを聞かせる。だが、いまの時世、幕府は、黒船来航以来、様々な内憂外患を抱えて、各藩の動向などに構っていられなかった。まして幕府の味方であり、幕府が最も頼りにしている会津藩について口出しすることはなかった。

それでも、信頼している会津藩の蔵屋敷が破られ、大量の銃が奪われたとなると、幕府も心穏やかではいられない。銃が、万が一にも、幕府に尊攘を実行せよと主張する、地方雄藩などに渡れば、事は重大になる。

きっと会津藩執政たちも、事が大事になる前に収めたいと思っているに違いないのだ。それにしても、執政の一人であり、密かに銃の購入を行なった責任者である若年寄一乗寺昌輔の動きがないのは、なぜなのか。昌輔は、もっと慌てふためいて、深川御屋敷に駆け付けてもよさそうなのに、と龍之介は思った。

頼母は、この蔵破りには裏がありそうだ、といっていた。父牧之介が切腹した事にも、きっと関係がある、と。

「龍さん、この蔵破り、もしかして狂言強盗じゃないんですかね」

助蔵が口を開いた。

龍之介は、助蔵の顔を見た。真顔だった。

龍之介も、いくぶんか、同じような疑念を抱いていた。

鮫吉が訝《いぶか》った。

「でもよ、死人が出たんだぜ。いくらなんでも、狂言強盗で人を殺すのは、やりすぎじゃねえかな」

「だが、狂言強盗のどさくさに紛れて、生きていては都合が悪いやつの口を封じるってこともあるんでは」

「うむ。それはありうる」

龍之介はうなずいた。

助蔵は考え考えいった。

「私は、あの三人の話しぶりを聞いていて、どうも怪しいと思ったんです。仲間の一人が殺されたっていうのに、そんなに怒ってもいないし、悲しんでいる様子もない。あの三人は揃って、何かを隠しているんじゃないか、と思いましたね」

「助蔵さんもそう感じたか。実はそれがしも、同じようなことを感じた。三人は、いずれも怪我の程度もひどくなく、目の前で桑田仁兵衛が殺されたというのに、暗かったから見えなかったなどと、妙に言い逃れをしている。三人とも、何か事件について、口裏を合わせていると思った」

鮫吉が怒声を上げた。

「あいつら、とんでもねえやつらだ。龍さん、これから、取って返して、やつらをとっ捕まえて、締め上げて、白状させやしょう」

「まあ、待て。鮫吉、いま引き返しても、三人が一緒だと、きっと口を閉ざす。一人ずつあたって訊けば、口裏を合わせていても、きっとぼろを出す。辻褄《つじつま》が合わなくなったところを突けばいい。焦るな」

「それはそうでやすが」

鮫吉は不満そうに口を噤《つぐ》んだ。

龍之介は助蔵に訊いた。

「桑田仁兵衛は、賊の頭に、なぜ、殺されたのか？　助蔵さんは、どう見ています？」

「おそらく口封じでしょう」

「ということは、桑田は襲った連中のことを知っていた？」

「おそらく、そうじゃないかと思います。ただ知っているだけでなく、賊の仲間だったかも知れない」

「もし、仲間だったら、殺されなかったのでは？」

「ですが、もし、桑田が仲間を裏切っていたら……」

「裏切った？」

龍之介は鮫吉と顔を見合わせた。

「押し込みを働いたのは、鳥天狗党でしたよね。桑田は、その鳥天狗党に加わったものの、自分の職場である蔵屋敷に押し込む計画を聞いて恐ろしくなり、手引きするのを断った。賊たちは、桑田が裏切ったと判断し、押し込むと真っ先に始末した。口封じに」

「なるほど」

龍之介は、ありうることだ、と思った。

「ただし、あくまで、あの三人の証言が正しいとしてです」

「というと？」

「あの三人の証言では、賊の頭が寝込みを襲うと、暗がりの中で『桑田仁兵衛は、どいつだ』と怒鳴ったというのでしょう？」

鮫吉がいった。

「たしか原常之介が、そういっていたな」

「そこで、桑田は、それがしだと名乗った。そうしたら、賊の頭はいきなり刀で桑田に斬り付けた」

「うむ。そういっていたな」

龍之介はうなずいた。助蔵は続けた。

「行灯の明かりもなく、真っ暗闇の中で、賊たちは、寝込みを襲ったものの、誰が誰か顔が分からなかった。それで、桑田はどいつだ、と聞いたと思うのです」

「うむ。それで」

「しかし、その聞き方は、尋常な聞き方ではない。明らかに、敵意が籠もっている。聞かれた相手は何かされると身の危険を感じるでしょう」

「たしかに普通の聞き方ではないな」

「三人の証言では、桑田は、それがしだ、と名乗ったということですが、私は嘘だと思います。桑田は身の危険を感じ、すぐには名乗らなかったと思います」

「では、どうして、賊の頭は、桑田を見分けることができたのか？」

「あの三人が裏切ったのだと思います」

鮫吉がすかさず憤慨した。

「あの三人の野郎が、桑田はこいつだ、と賊の頭に教えたというんかい?」

「そうではないか、と思います。あの三人も、刀を突き付けられて、必死だった。生き延びるためには、なんでもしたでしょう。自分は桑田ではない、おれも違う、そう言い募っているうちに、桑田は言い逃れできなくなった」

「それで、それがしだ、と名乗ったというのだな」

「おそらく、そんなことだろう、と思います」

龍之介は考え込んだ。

「ということは、賊の頭は、押し入った当初から、桑田を殺すつもりだったというんだな」

「おそらく」

助蔵は話を続けた。

「蔵屋敷に押し込むには、事前に、どの蔵のどこに鉄砲があるか、どこに金庫があるか、知っていないと失敗するでしょう。今回の蔵破りは、非常に手際がいい。鉄砲の木箱や金庫がある蔵だけを破り、夜が明ける前に、難なく運び去っていた。これは内部に手引きする者がいないと、できないことです」

「ということは、桑田以外に手引きする者がいた、というのか」

「はい。おそらく」

「いったい、誰だろう?」

助蔵は笑った。

「それは分かりません。深川御屋敷の内情を知っている者は、上から下まで大勢いるのと違いますか?」

「たしかに、そうだな」

龍之介は唸った。

大量の鉄砲を買い付け、蔵に納めたのを知っているのは限られているというものの、かなりいる。上は若年寄の一乗寺昌輔から、御用所の密事頭取、その配下の者たち、下は蔵を警備する番方までいる。

龍之介は考えながらいった。

「しかし、蔵破りが行なわれた現場に居た、あの三人はまず疑っていいのではないか。もし、あの三人のうちの誰かが、賊の仲間だったとしたら……」

助蔵が付け加えるようにいった。

「あの三人だけでなく、昨夜欠勤した川谷仇蔵という侍も怪しいですよ」

「川谷仇蔵ねえ」

助蔵は目を細めた。

「あの川谷という侍は、もしかして、昨夜、賊が押し入るのを知っていたのではないですかね。それで、わざと欠勤したのかも知れない」

「なるほど。ありうることだな」

龍之介は助蔵の推理にうなずいた。

あの川谷仇蔵は、父牧之介の世話になったといっていた。あたかも、牧之介の死を悼《いた》むかのように。

龍之介は、誰よりも川谷仇蔵に訊きたい、と思った。もしかして、川谷仇蔵は、父の死の真相や遺書の行方を知っているかも知れない。

鮫吉が笑いながらいった。

「龍さん、おもしろいことになりやしたね。深川御屋敷に押し入った鳥天狗党ってえやつらは、何者なのか、なんとか調べ上げようじゃねえですかい」

龍之介は腕組みを解いた。

「よし。あの四人、ひとりずつ、あたって問い質そう。鳥天狗党の正体の手がかりが摑めるかも知れない」

日は落ち、大川の川端はすっかり色を失って、薄墨色に暮れかかっていた。

龍之介は、ふと首筋に刺すような視線を感じた。どこからか、誰かに見られている。

殺気！

龍之介は脇差しに左手をかけ、鯉口《こいぐち》を切った。さっと後ろを振り向いた。

背後には薄暮に隠れた深川の街があった。小名木川の畔《ほとり》の枝垂れ柳がかすかに風に揺れている。どこにも人の気配はない。

龍之介にあてられていた視線は消えていた。

通りの先の暗がりに、女連れらしい二つの人影があった。二人の影は縺《もつ》れ合い、千鳥足で遠ざかって行く。

逢うて別れて、別れて逢うて

末は野の風、秋の風……

かすかに男が唄う都々逸《どどいつ》が聞こえた。くすくすと忍び笑いする女の声も。

「龍さん、どうしやした？」

鮫吉は龍之介が後ろを気にする姿に気付き、小名木川の畔の道を窺った。助蔵も薄暗がりに目を凝らしていた。

「気のせいだ。なんでもない」

龍之介は脇差しの鯉口を戻した。

「粋だねえ」鮫吉は笑った。

「……一期一会《いちごいちえ》の別れかな、ですかな」

助蔵が鼻歌で、聞こえてきた都々逸の続きを唄った。

龍之介は静かに首筋を撫でた。

あれは明らかに気のせいではない。誰かがどこからか敵意に満ちた眼差しで、じっと龍之介を窺っていたのだ。

二

翌朝、龍之介は会津藩上屋敷に西郷頼母を訪ねた。

頼母は、昨夜来徹夜で行なわれた家老や若年寄などの幹部会議のため、ほとんど寝ていない様子だった。

書院の間に現われた頼母は、寝不足で目蓋《まぶた》を腫らし、いかにも眠たげだった。だが、龍之介を見ると、嬉しそうに笑い、龍之介を労《ねぎら》った。

「ご苦労ご苦労。それで、深川御屋敷の蔵破りについて、何か分かったか?」

龍之介は、これまで分かったことを頼母に話した。

「押し込み強盗を働いたのは、烏天狗党を名乗る一味だと分かりました」

龍之介は、壁に貼り付けてあった烏のような落書が描かれた、皺くちゃな紙片を差し出した。頼母は画を覗いて笑った。

「この鳥の形をした画は何なのだ？」

「黒装束たちは烏天狗党参上といっていたそうですから、おそらく鴉《からす》かと」

「下手くそな画だのう。絵の心得のない者が描いたのだろう。それに足が三本もある。ああ、そうか。八咫烏《やたがらす》を描いたつもりか」

頼母はにやにやした。

八咫烏は、神武《じんむ》天皇が東征した際に、タカミムスビから遣わされた導きの神とされている。

「仮にも、党を名乗る以上、何か掲げる主義主張があるのだろう？　それらしき書き付けとか、書状はないのか？」

「ありませんでした」

龍之介は首を振った。頼母は唸るようにいった。

「また新たな尊攘派の党か、それとも金目当てで動く、ただの強盗人殺し集団か。この紙切れだけでは、まったく分からんな」

頼母は紙片を龍之介に返した。龍之介は懐に紙片を入れた。

「問題なのは、こやつらに奪われた鉄砲の行方だ。いま、鉄砲は引く手数多《あまた》だ。薩摩、長州《ちょうしゅう》、土佐《とさ》、水戸《みと》など雄藩が挙《こぞ》って鉄砲を買おうとしている。まことに由々しきことだが、我が藩とて例外ではない。いずれも、万が一の戦に備えてのことだ」

頼母は憤懣やる方ないといった面持ちで唸るようにいった。

「さらに問題なのは、こやつらが、どこの藩のために働いているかだ。先日、勝海舟さんとも話したことだが、表には出ないが、地下ではすでに戦が始まっているといっていい」

「………」

龍之介には、まだ頼母や勝海舟のいう〝戦が始まっている〟という実感はなかった。だが、頼母の危機感は理解出来た。

「龍之介、ご苦労だが、引き続き、蔵破りと鳥天狗党とやらを調べろ」

「頼母様、我が藩の物頭一人を殺し、三人に怪我を負わせて、蔵に保管していた鉄砲を強奪するという大事件です。幕府に訴えて、事件を捜査してもらうか、あるいは、藩を挙《あ》げて、事件の捜査に取り組むべきではありませんか。それがし一人では、正直いって、このような大役は、あまりに荷が重過ぎます」

頼母は笑いながらうなずいた。

「幕府に知られては、藩として困るのは分かるな。おぬしにいわれるまでもなく、藩を挙げて取り組むべき事案だということも、わしは分かっている。急遽、わしは大目付田中蔵典に蔵破りの事件が起こったことを手紙に書き、早馬で送った。手紙には、おぬしがこれまで調べた報告書も付けてな」

「そうでございましたか」

「大目付が府内に出て、蔵破りの捜査の陣頭に立つよう要請した内容だ。おそらく、わしが在所に戻るのと入れ違いに、田中蔵典たちが来て、捜査に乗り出すことになろう。おぬしは、それまで先行して捜査を進めておいてほしい」

「分かりました。そういうことでしたら、荷が少し軽くなります」

龍之介は、そういいつつも、内心、大目付萱野修蔵に、なんと申し開きをしたらいいのだろうか、と新たな不安を覚えるのだった。

龍之介は、気を取り直した。

「ところで、頼母様、幹部会議の方は、いかがでございましたか？」

「それが、たいへんにおもしろい詮議でな。おぬしに聞かせたかった」

「と申されますと？」

「深川御屋敷守《もり》の草間錦之介《くさまきんのすけ》が報告した。青ざめた顔で、まことに面目ない、昨夜遅くに、盗賊団に蔵が破られ、鉄砲の木箱十個が奪われました、と。警備の番方が盗賊団と争ったが、多勢に無勢、一人殺され、負傷者が数人出た。報告に会議は一時、騒然となった。江戸家老をはじめ、要路たちは、激しく草間錦之介の責任を追及した。なぜ、番方を増やして蔵破りに備えなかったのかとか、なぜ、救援を呼ばなかったのか、とか。気の毒なことに、草間は床に平伏したまま、身を震わせておった」

頼母は頭を振った。

深川御屋敷守の草間錦之介は、羽織紐が茶色の第五級の中士だ。その草間が、いずれも羽織紐納戸色の上士で、階級が第一級、第二級の幹部たちに会議の席上で吊るし上げられたのだから、さぞ生きた心地がしなかったろう。恐らく草間錦之介は切腹を免れぬ、と覚悟したに相違ない。

頼母はにんまりと笑った。

「ところが、事態の成り行きを見ていた若年寄の一乗寺昌輔が、突然、草間錦之介の弁護に回った。若年寄昌輔は鉄砲を購入した責任者だ。その昌輔がすでに起こってしまったことは仕方がない、と言い出した。みんなは驚いて追及をやめた」

「…………」

さもありなん、と龍之介は思った。

もし、昌輔が新式の鉄砲とすり替えて、旧式鉄砲を蔵に保管させていたら、その旧式鉄砲の木箱を盗まれたというのは、証拠隠滅する上で願ったり叶ったりのはずだ。

頼母は続けた。

「昌輔いわく、警備の番方たちも蔵破りに手を拱《こまね》いていたわけではなく、激しく斬り合い、ついには犠牲者も出した。番方たちはよく奮戦した。ここで、何者かに、会津藩蔵屋敷の蔵が破られたと、天下に知られ、御禁制の鉄砲多数が奪われたということが公《おおやけ》になれば、幕府も黙ってはいない。ここは藩内で内密に処理すべし、と言い出した」

「それで会議はどうなったのですか？」

頼母はにやにやと相好《そうごう》を崩した。

「一番怒るべき若年寄の昌輔が、草間を擁護するようになっては、誰も文句はいえない。下手に反対すれば、非難の矛先《ほこ》が己れに向くし、昌輔を敵に回しかねない。みんな不承不承《ふしようぶしよう》に、昌輔に賛成した」

「頼母様もですか？」

「うむ。わしも、事を内々に処理することに賛成した。わしははじめから、この蔵破りには裏がある、と思っていたので、草間の責任ではない、と踏んでいる。表沙汰にして、幕府から睨まれるのも困る。蔵破りのことは、対外的には内々にし、藩として強盗団を追及しよう、というのがわしの考えだ」

「では、草間殿の処遇は？」

「お咎めなしだ。下手に処分すれば、事は公になりかねないのでな」

「では、亡くなった物頭の桑田殿は、どうなるのですか？」

「病死だ。藩から御遺族に、口止め料の慰労金と香典が支払われる。怪我をした三人も、病気扱いとなり、役目はそのままに、しばらく休暇が与えられる。それで、一件落着だ」

「一件落着ですか……」

龍之介は納得がいかなかったが、これが藩の解決の仕方なのか、と半《なか》ば諦めの気持ちになった。

頼母は、そんな龍之介の心中を察したのか、慰めるようにいった。

「龍之介、いまは不満が残っても、長い目で見ると、この方法が最も良かったということが分かる時が来る。大事の前の小事だ、と思え」

「はい」

龍之介は答えながら、大事とは何なのか、と思った。いまの自分にとっての大事とは、父牧之介の自決の真相を明らかにし、父の名誉を挽回することだ。そのために、いまの事態を小事として、前へ進めというのか。

頼母が笑いながらいった。

「昌輔についてのおもしろい話は、これからだ」

「と申されますと？」

「鉄砲が盗まれたという報告に、昌輔は一応、激怒したものの、内々に収めようと言い出した。だが、鉄砲だけでなく、金庫が奪われたと聞くなり、仰天し、急に慌て出した」

「へえ」龍之介は頼母の顔を見た。

「金庫の中には、鉄砲よりも、大事な何かが入っていたらしいのだ」

「どういうことですか」

「昌輔は、会議を一時小休止しようと言い出した。みんなが了承すると、彼は席を立って、どこかに消えた。しばらくして再び会議に戻った昌輔は、不機嫌そのものだった。会議の最中も、側用人が昌輔に耳打ちすると、彼は厠に、と何度も席を立った。そして、どこからか昌輔の怒鳴りちらす声が会議の座敷に響いてきた。みんな、顔を見合わせて苦笑しておった」

頼母は思い出し笑いをした。

「それで、わしは草間に尋ねた。いったい、金庫には、何が入っていたのか、と」

「何が入れてあったのですか？」

「草間は、知らないの一点張りだった。なぜ蔵屋敷の守なのに、金庫の中身を知らないのだ、と訊くと、金庫番ではないので分からない、と答えた。誰が金庫を使用しているのだ、と尋ねると、草間はちらちらと昌輔に目をやり、それは保秘だといった」

「それで、いかがなさったのです？」

「金庫を使っている人を保秘にするのは、なぜだ、と重ねて訊いた。それに草間は保秘を話すことは勘弁願いたいと、いまにも泣き出しそうになった。そうしたら、昌輔が、しぶしぶ、それがしが公用で使っていると答えた」

「どうして、公用なら公用だといって、すぐに答えなかったのですかね」

「次に公用として金庫に何を保管していたのか、訊かれるからだろう。それで、当然、わしは何の公用かと訊いた」

「昌輔はなんと答えたのです」

「そこからは、保秘の連発だった。何の公用かも保秘、保秘は保秘だ、といって答えようとしなかった。だから、わしが訊いた。保秘というからには、保秘にしなければならない根拠があるはずだ、と。その根拠なら話せるだろう、とな」

「答は？」

「筆頭家老一乗寺常勝からの命令だからだ、ということだった。命令は保秘になるに決まっている。それで業を煮やしたわしは、昌輔に単刀直入に訊いた。保秘にするのは、武器の購入に関することだからか、と。そうなのか、そうではないのかだけでいい、答えろとな」

「昌輔は、なんと答えたのです？」

「どうして、武器を購入する件についてだ、としぶしぶ認めた」

「武器を購入することを保秘にするのですか？」

「銃の購入は、我が藩の最高機密の一つだ。家老のわしでも、詳しいことは訊けない。銃や大砲などの購入は、筆頭家老である御大老の専権事項だ。あとは外様（武官）の番頭や新番頭しか、口は出せない」

「では、なぜ、若年寄の昌輔が武器購入に口を出せたのです？」

「若年寄支配の御用所は、代々武器などを売買するような密事を専門に取り扱ってきた。一乗寺常勝は、筆頭家老に任じられると、すぐに若年寄北原嘉門を引きずり下ろし、身内の昌輔を若年寄に抜擢した。それで昌輔は武器購入を担当するようになった」

龍之介はうなずいた。

「頼母様、その交替劇に、それがしの父牧之介の切腹事件が関係しているように思うのですが」

父牧之介は、当時の上司で若年寄北原嘉門に抗議し、諫言《かんげん》する遺書を残して切腹した。その遺書は、いまだ見つかっていない。その父の事件を機に、北原嘉門と一乗寺昌輔は、若年寄を交替した。いったい、父牧之介は何を諫言しようとしたのか、交替劇の背後に何があったのかも、また闇の中だった。

「うむ。わしも、そう思う。ともあれ、我が藩の武器購入については、一乗寺常勝昌輔兄弟にがっしりと握られ、保秘に掛けられているので、問い詰める術がない。あとは、武器購入について、その実態を訊き出せるのは、御上しかいない」

「つまり、周りが口を出せないということは、昌輔殿はやりたい放題にやれる、勝手放題にできるということではないですか」

龍之介は思わず、大声でいった。

「龍之介、声が高い」

頼母は笑いながら、周囲を見回した。

控えの間にいた篠塚がさっと立ち上がり、襖を開け、廊下に誰もいないのを確かめた。

頼母は声をひそめた。

「いいか。何の証拠もなければ、噂は噂だけに終わる。常勝昌輔兄弟を権力の座から引きずり下ろすのは容易なことではできない。龍之介、お父上や兄上の無念を晴らしたいなら、なんとしても、あの兄弟が言い逃れができぬような証拠を摑め。そうしたら、あとはわしたちがなんとかする」

「はい。分かりました」

龍之介は、矛を収めた。

ここでいくら頼母を責めても、何も出てこない。

頼母は、真顔に戻った。

「わしは、ともあれ、明日には、馬で在所に戻る。先にも申した。留守の間、何か困ったことがあったら、遠慮なく用人の篠塚に頼め」

「ありがとうございます」

龍之介は深々と頼母に頭を下げた。

三

講武所の営門には、紺《こん》色の上着、白のラッパズボンの海軍伝習隊員たちがゲベール銃を立てて立哨《りっしょう》していた。顔見知りの隊員が混じっていた。

龍之介は挙手の敬礼をし、営門から入ろうとした。警備の隊員たちがゲベール銃で行く手を塞いだ。

「氏名、階級、所属部隊名をいえ」

顔見知りの隊員は真面目くさった顔で、にこりともせず、尋問した。

龍之介は、氏名、階級、所属部隊である学生隊をいった。

「身分証を見せろ」

顔見知りの隊員は、目だけを動かし、盛んに彼の背後を指した。

警備の隊員たちの後ろで、険しい顔の上官が肩を怒らせ、検問する隊員たちを監視していた。

龍之介は「了解」と顔見知りに頷いた。

龍之介は営門の受付の前に進んだ。

身分証の代わりに、講武所本部から届いた出頭命令書を提示する。

「……講武所本部移転に伴い、学生隊を解散するので、その残務整理のため、貴官は所属中隊本部へ速やかに出頭せよ云々……」

学生隊は解散され、龍之介はもはや隊員ではないのに、出頭命令とはどういうことか、と思うのだが、講武所側はまだ龍之介たちに命令出来ると思い込んでいるらしい。

やはり顔見知りだった初老の係員は、ちらりと龍之介に目をやり、大判の判子を命令書にぽんと捺した。

「入構を許可する」

初老の係員は大仰に大声でいった。龍之介は苦笑しながら頭を下げて引き下がった。係員は、小さな声でぼそっと「ご苦労さん」といった。

詰め所の奥に、厳しい顔の上官が椅子に座っているのが見えた。

講武所が移転を前に、変わりつつあるのを覚えた。自由な雰囲気がなくなり、軍隊組織として規律に厳格になろうとしている。それが、いいことなのか悪いことなのか、龍之介には分からないが、近代軍隊というものは、そうした規律を重んじる組織なのだろう。

龍之介は大隊本部の建物に向かった。道の右手に広がる練兵場では、海軍伝習隊員たちが何台もの大砲に取り付き、発射訓練を行なっていた。大砲の操作は、操船術と並んで、海軍伝習生たちの必須科目になっている。

大砲の砲列は、沖合に浮かぶ軍艦に向けられていた。実弾は使われないものの、教官は訓練生たちに発射の段取りを習得させようと、何度も発射訓練を繰り返していた。

松林に爽やかな海風が吹き寄せていた。松の枝の葉がかすかに揺れている。太陽の陽射しは、夏の勢いを失っていた。

天空はあくまで高く、澄み切り、箒で掃いたような薄い雲が広がっている。

一羽、二羽の鳶《とび》が、悠々と青空に輪を描いていた。甲高い鳶の鳴き声が聞こえた。

龍之介は故郷の会津の空にも、鳶が舞っていたのを思い出した。会津の鳶は孤独だった。たった一羽、孤高だが、悠然と空を舞っていた。

江戸の鳶は一羽ではなく、何羽も飛び交っている。群れをなしているわけではないが、江戸の鳶は仲間とともに飛ぶのを好むらしい。

龍之介は、孤独で孤高な会津の鳶がいいな、と思うのだった。

「てやんでえ。なにが直参旗本でえ」

突然、行く手から男たちの怒声が上がり、龍之介を物思いから現実に引き戻した。

「だまれ！　町人の分際で。生意気な」

「てめえら、サムライだけが、えれえんじゃねえやい」

「無礼な。許さんぞ」

「斬れるもんなら、斬ってみやがれ」

罵詈《ばり》雑言《ぞうごん》が飛び交っていた。

大隊本部の建物の前の空き地に大勢の人集りがあった。人集りはおおよそ二手に分かれ、互いに睨み合っていた。

左手の群れは、いずれもが二本差しで、一目で旗本御家人の子弟たちと分かる。

対する群れは、旗本御家人たちのほぼ倍近くいたが、そのほとんどは丸腰に近く、脇差しを差している者の数はわずかだった。

旗本御家人たちの最前列は、みな木刀や竹刀を構え、なかには、刀の柄《つか》に手をかけている者もいた。

それに対して丸腰に近い男たちも、手に手に鳶口《とびぐち》や棍棒《こんぼう》、作業用の草刈り鎌《かま》や鍬《くわ》、鋤《すき》を持ち出して構えていた。

大隊本部から外の騒ぎを聞き付け、教官や事務方たちが出て来たものの、双方の一触即発の勢いに呑まれて、ただおろおろするばかりだった。

「待て待て待てーい」

龍之介は大声で叫びながら、腰の脇差しが跳ねるのを押さえて突進し、二つの群れの間に走り込んだ。

右手の丸腰に近い者たちの最前列にいるのは、第四小隊の仲間たちだった。

「おおう、望月、来たか」

「龍《りゅう》さん、来てくれたか」

目明かしの力男《りきお》や足軽の大助《だいすけ》が顔を綻《ほころ》ばせて喜んだ。がっしりした体軀の利助《りすけ》も、龍之介を歓迎した。

対する旗本御家人たちには動揺が走った。

「おのれ、人斬り龍之介、こやつらの加勢に参ったか」

「こやつらの加勢をするなら、許さんぞ」

木刀や竹刀を構えた者たちが、尻込みして後列に引いた。替わって大身旗本の腕自慢たちが前列に出て、一斉に大刀を抜いた。

「よおし。人斬り龍之介、おれがその鼻をへし折ってやる」

龍之介の前に立ったのは、方岡大膳《かたおかたいぜん》だった。いつも大身旗本を鼻にかけている男だ。これまで剣道場で何度も立ち合っている。先日の稽古仕合いで、龍之介は方岡に一方的に打ち込まれて敗けた。方岡はその時の勝ちで、自信を付けていた。

「会津の田舎サムライめ、人を一人や二人斬ったからといって、のぼせるんじゃねえ」

旗本御家人たちが嘲笑《あざわら》った。

龍之介は両手を広げ、双方に叫んだ。

「まあ、待て。双方とも落ち着け。刀を引け。いったい、何事があったのだ」

元目明かしの力男が叫ぶようにいった。

「望月、こいつら、あっしら平民は目障《めざわ》りだ、荷物を畳んで、講武所からとっとと出て行けって追い出しにかかった」

「そんで、こいつら大勢で部屋にいた泰吉《やすきち》と辰造《たつぞう》を袋叩きにし、宿舎から放り出したんでえ」

大助がやや口ごもりながら訴えた。

大助や力男の背後に、顔面血だらけになった泰吉と辰造が分隊仲間の中野吉衛門《なかのきちえもん》や工藤久兵衛《くどうきゅうべえ》に支えられるようにして立っていた。

龍之介は旗本御家人の群れに向き直った。

「なぜ、同じ学生隊の仲間をこんな目にあわせたのだ?」

「仲間だと? 誰が仲間といった? 冗談も休み休みいえ。こんな下郎《げろう》たちと、天下の旗本が仲間にされちゃあ、天下の御正道《ごせいどう》が廃《すた》るってもんだ」

「そうだぜ。下郎は下郎らしく、おれたちの下でおとなしくしていればいいんだ。それを鉄砲を多少習った程度で、のぼせ上がり、いい気になりやがって、おれたちと同等なんて面をしやがって」

旗本御家人たちは口々に言い募り、相手を嘲笑った。

「そもそも、軍隊はわしら武士に任せておけばいいんだ。それを士分でもない足軽、町人百姓の分際で、軍隊に入ろうなんてえのがお門違いってもんだ」

龍之介は堪り兼ねていった。

「おぬしら、本当に武士の魂を持ったサムライなのか？」

旗本御家人たちは、一瞬きょとんとした。

「情けない。これが、天下を守る旗本なのか」

「会津の田舎もんが何をほざいている？　ここは江戸だ。おまえら、会津の田舎サムライが大手を振って歩く場所じゃねえ。目障りだ。とっとと尻尾を巻いて、会津へ帰りやがれ」

「…………」

龍之介は拳を固く握って侮蔑に堪えた。

だが、これ以上、双方の憎悪を高め合うべきではない。

龍之介は旗本たちにくるりと背を向け、地べたに土下座した。

殴られて血だらけになった泰吉や辰造に、旗本たちに代わって、頭を下げて詫びた。

「こいつらに代わり、それがしが謝る。申し訳ない。こいつらのこと、それがしに免じて許してやってくれ」

第四小隊の仲間たちは、龍之介の姿を見て呆気に取られた。みんなは互いに顔を見合わせた。

「なんですって？　なんで望月さんが謝るんだい？」

「話が違うぜ」

「謝るのは、旗本御家人のあほどもの方だぜ」

龍之介は土下座したまま、いった。

「ともあれ、おぬしたち、矛を収めてくれ。それがしに免じて、頼む。これ以上、争い事を起こして、講武所学生隊の名誉を汚《けが》してほしくないのだ」

後ろで聞いていた旗本御家人たちが勝ち誇った笑い声を上げた。

「怖気《おじけ》づいたか、会津の田舎サムライ」

「とっとと、会津に帰りやがれ」

旗本御家人たちは、どっと笑った。

「待てい」

大隊本部の前の教官や事務方の群れを掻き分けて、ゆっくりと笠間慎一郎が現われた。

「会津の田舎サムライ呼ばわりは聞き捨てならん。それがしも会津武士。龍之介とともにお相手いたす」

笠間は龍之介の傍らに進み出ると、腰の刀の鯉口を切った。

旗本御家人たちは新たな笠間の登場に、一瞬ひるんで後退した。

「あ、笠間先輩」

龍之介は立ち上がり、手を拡げて笠間を止めた。

「待ってください。それがし、ここに争いを止めに来たのです。お願いです」

「しかし、龍之介、旗本御家人の腰抜けどもに、会津武士が虚仮《こけ》にされたとあっては黙っておれぬ」

旗本御家人たちが騒ぎ出した。

「なにい、我らを腰抜けどもだと」

「よくも腰抜けといったな。会津の田舎サムライめが」

「許せぬ。こやつらを斬る」

「人斬り龍之介、刀を抜け。武士なら、正々堂々、それがしと刀で勝負しろ」

方岡大膳が吠えた。

旗本たちは怒声を上げ、方岡大膳に呼応した。

「望月さんを守れ！　やつらに斬らせるな」

「龍之介、それがし、加勢いたす」

笠間がさらりと刀を抜いた。

龍之介は観念した。もはや、これ以上、双方を抑え切れない。

龍之介は目を瞑《つむ》り、呼吸を整えた。

右腕が小刻みに震え出した。こんな時に、なぜ震える。

龍之介は、左手の指で鯉口を切った。

半眼にし、方岡大膳を見据えた。方岡大膳はすでに抜刀し、青眼に構えていた。

「加勢は無用。引け」

龍之介は大声でいった。その迫力に、旗本御家人たちは、一瞬沈黙した。あたりは静止した。誰一人声を立てず、固唾を呑んで、龍之介と方岡大膳の立合いを見ていた。

龍之介は半眼で方岡大膳を見据え、間合いを測った。

間合い一間。

一足一刀の距離だ。

止むを得ない。斬る。龍之介は覚悟を決めた。

龍之介の軀の剣気がみるみる膨れ上がり出した。

方岡大膳が龍之介の殺気を感じ、顔面が蒼白になっていく。

馬蹄の音が練兵場から響いてきた。

何騎もの騎馬隊が練兵場から、緩やかな坂を駆け上って来る。

「待て待てーい」

竜崎大尉の声が聞こえた。

龍之介は、ほっと息をついた。

龍之介は静かに息を吐き、膨れ上がった剣気を納めはじめた。

瞬間、方岡大膳の軀が、龍之介に向かって突進した。気合いとともに、刀が龍之介に突き入れられた。

龍之介は一瞬、軀を左に開き、鋭い突きを躱した。刀の切っ先が龍之介の小袖の胸を裂いて走った。龍之介は脇差しの柄で、方岡の刀を受け流した。突きの勢いを削がれ、方岡の体が泳いだ。

龍之介は脇差しをすらりと抜き、方岡大膳の首筋に当てた。刀の刃が首の皮膚を傷つけ、わずかに血が滲み出た。龍之介は刀を止め、斬らなかった。

竜崎大尉の馬が龍之介たちの前に躍り込んだ。

「馬鹿者！　待てといったのに、なぜやめんのだ」

「申し訳ありません」

龍之介は方岡大膳を地面に突き飛ばした。方岡大膳は不様に転がった。

龍之介は静かに刀を鞘に納めた。

背後で見ていた第四小隊の仲間たちが「ウオー」と歓声を上げた。

旗本御家人たちは、方岡大膳の敗北に静まり返った。

「何をしておる。双方とも直ちに解散しろ」

竜崎大尉は馬上から大声で怒鳴った。

「解散、解散だ」

真新しい紺色の制服の騎兵たちは、竜崎大尉の命令もあって、双方の間に馬を乗り込ませ、解散を促した。

方岡大膳は、旗本仲間に引き起こされ、憎々しげに龍之介を睨んだ。

「この勝負、まだ終わったわけではないぞ」

方岡大膳は捨て台詞《ぜりふ》を残し、旗本仲間たちと引き揚げて行った。

元隊員たちも、ざわざわ騒ぎながらも宿舎の方に引き揚げて行く。

「龍之介、さすがだ」

笠間が龍之介の肩をぽんと叩いた。いつの間にか、右腕の震えは止まっている。

竜崎大尉は馬からひらりと下りて、龍之介と笠間の前に立った。

「怪我は？」

「ありません」

龍之介は裂けた小袖の胸元を手で押さえた。切っ先は胸の皮膚まで達していない。

「よし。よくぞ、相手を斬らなかった。もし、斬っていたら、相手が大身旗本の子弟だから、大事になった。下手をすれば、おまえは、我が国初の軍法会議に掛けられ、銃殺刑に処せられていたかも知れない」

竜崎大尉はほっとした表情で笑った。

笠間が尋ねた。

「軍法会議とは何ですか？」

「英仏の近代軍隊は、軍内での犯罪は軍内の裁判に掛けて、処罰する決まりになっている。講武所に創られる陸海軍でも、同様な軍内裁判を行なえるよう法律を作ることになっている。龍之介と方岡大膳は、下手をすると、その第一号になるところだった」

龍之介は竜崎大尉に頭を下げた。

「ご心配をおかけして、申し訳ありません」

「危なかったな。本部の事務方が、馬場に駆け付けて、旗本御家人と平民隊員たちとの間で、武力衝突が起こりそうだと報せてくれたから、なんとかこうして駆け付けることができた。もし、武力衝突になっていたら、我が幕府陸軍の創設はかなり遅れることになったところだ」

ライアン大尉とオスカー大尉も下馬して、龍之介に駆け寄り、よくぞ我慢したと、龍之介を讃えた。

二人とも、学生隊内での旗本御家人たちの横暴を問題視していたのだ。

笠間は、龍之介の小袖の裂けた箇所を指していった。

「龍之介、本部の補給班に行け。そのくらいの裂け目なら、誰か簡単に針で縫い合わせてくれる」

「分かりました。行って来ます」

龍之介は竜崎大尉たちに一礼し、大隊本部へ駆けて行った。

外に出ていた教官も事務方も、ほっとした表情で、大隊本部にぞろぞろと戻って行く。

龍之介は事務方の部屋の脇を抜け、補給班の部屋に向かおうとした。

待合室のテーブルの周りに、旗本御家人の子弟の一団が屯していた。彼らのなかに首の傷の手当てを受けている方岡大膳の姿もあった。

彼らは龍之介の姿を見ると、一斉に椅子から立ち上がった。龍之介は足を止めた。

何人かが刀を手に、龍之介の前に立ち塞がろうとした。

「よせ」

野太い声が聞こえた。

「神山《かみやま》さん、こいつは……」

「いいから通してやれ」

待合室の奥の長椅子に、白い羽織姿の大柄な男が腰をかけ、扇子《せんす》で扇《あお》いでいた。周囲で同じ白羽織を着た旗本たちがひそひそ話をしていた。

神山黒兵衛《くろべえ》。石高一万石の大旗本神山将衛門《しょうえもん》の跡取り息子。北辰一刀流《ほくしんいっとうりゅう》免許皆伝で、講武所道場では抜きん出た剣術の腕前だった。

龍之介は神山黒兵衛と道場で二度、稽古仕合いをしたが、一勝一敗だった。その時に立ち合った印象だが、神山黒兵衛の剣は、人を活かす活人剣ではなく、自分が生き延びるため、なんでもする邪剣だと感じた。仕合いではまともには技を出さず、何か必殺の隠し剣を持っている、そんな気配がしてならなかった。

もっとも、己れも生き延びるため、相手を斬った。自分の剣も、他人から見れば、紛れもなく殺人剣となるのだろうが。

立ち位置は違うが、神山黒兵衛と己れは、どこか似ているものがある。

龍之介の行く手に立ち塞がった一人が口を尖らせた。

「しかし、神山さん、こやつ無礼な……」

「よせよせ。おまえらが束になってかかっても、そいつにはかなわんぞ。大膳の不様な敗けっぷりを見ただろうが」

「神山さん、そりゃないですよ。邪魔さえ入らなかったら……」

方岡大膳が悔しそうに龍之介を睨んだ。

出入口から、竜崎大尉やオスカー大尉、ライアン大尉たちが談笑しながら入って来る。

方岡大膳はばつが悪そうにそっぽを向いた。

竜崎大尉は待合室にいる男たちを見回した。

「なんだ、おまえたちは、解散しろといったのに、こんなところで油を売っていたのか」

「外がちょっと暑かったもんで、ここで少々涼んでいました」

神山がわざとらしく扇子をばたばたと扇いだ。

「神山、また若い者を誑《たら》し込んで、何か悪さをやろうと企んでおるのだろう？」

「滅相もないことを。それがし、何も企んでおりませんよ。このごろは、いたって品行方正です」

「いくら、おぬしのお父上が幕閣でも、あまり派手な悪さをすると、庇いきれないぞ」

「それがし、親父を困らすことは、いっさいやりませんよ」

「そうか？　おまえがいたお陰で、第一中隊はまとまりがつかず、中隊長の日置《ひおき》大尉が嘆いておったぞ。何をやっても、大隊で一番、成績が悪いと」

「日置中隊長こそ指揮官として、問題があったんでは？　だから、任期途中で、交替させられたんでしょう？　それがしたちは、いわれたことはちゃんとやっていた。それを、そういわれては心外だ。なあ、みんな」

神山は周りの白羽織の子分たちに同意を求めた。

「そうですよ、神山さんのいう通りだ」

「ほんとほんと。おれたちはやるべきことはちゃんとやった」

竜崎大尉は苦々しく笑い、ライアン大尉やオスカー大尉とフランス語で何事かを言い合った。

「さて、おれたちは、お邪魔虫らしいから、引き揚げようぜ」

神山黒兵衛は、扇子をぱちりと閉じると、椅子から立った。それを合図に、白羽織姿の子分たちも、配下らしい旗本御家人たちも、ぞろぞろと立ち上がり、待合室から出て行った。

神山黒兵衛は龍之介の脇を抜ける時、畳んだ扇子の柄で、龍之介の小袖の胸元を指し、にやっと笑った。

「危なかったな。もう少しであの世行きだったたんじゃないか」

龍之介は、何もいわなかった。

神山はにやにや笑い、鼻歌混じりに、出口に向かった。子分たちがぞろぞろと付いて行く。やがて、全員の姿が消えた。

「あのどら息子が。親父も困っておるだろう」

竜崎大尉は頭を振った。

オスカー大尉がフランス語で竜崎大尉に話しかけた。

「………」

彼らを士官として再教育するのは非常に難しい。おおよそ、そんな意味のことをいっている。

龍之介はがらんとした待合室を抜け、補給班の部屋へと足を進めた。

四

龍之介が補給班の部屋から戻ると、待合室に笠間慎一郎が待っていた。

「お、龍之介、竜崎大尉が中隊本部に来いといっている。一緒に行こう。おぬしとおれに話があるそうだ」

「はい、何の話ですかね」

「講武所が移転してからのことらしい。おれもまだ聞いていない」

笠間は笑いながら、廊下の先にある第四中隊本部に龍之介を連れて行った。

学生隊第四中隊本部の部屋は、隊員の姿もなく、閑散としていた。龍之介と笠間は連れ立って中隊長室の扉をノックした。

笠間が大声で申告した。

「笠間慎一郎、ならびに望月龍之介、出頭しました」

「入れ」

竜崎大尉の声が返った。

「入ります」

笠間と龍之介は、ドアを開けて中に入った。

芳《かぐわ》しい西洋風な匂いが立ち籠めていた。

部屋には、竜崎大尉とオスカー大尉とライアン大尉の三人が椅子に座って寛《くつろ》いでいた。

龍之介と笠間は姿勢を正し、竜崎大尉たちに挙手の敬礼をした。竜崎大尉は座ったまま挙手の答礼をしていった。

「二人とも、まあ、硬くならずに、その椅子に座れ」

竜崎大尉は、円卓の前に並んだ二つの背もたれ椅子を指した。龍之介と笠間は怖《お》ず怖ずと椅子に腰掛けた。

ライアン大尉とオスカー大尉は陶器の茶碗を口元に運び、茶を飲んでいた。

円卓の上には、紅茶の茶碗と、煎餅《せんべい》に似た丸い形の菓子を載せた皿が並んでいた。

竜崎大尉たちは紅茶を楽しんでいたらしい。

竜崎大尉は円卓の上に西洋の茶碗を二つ並べた。注ぎ口が鶴の首のように長い薬罐を傾け、二つの茶碗に赤褐色の紅茶を注いだ。

紅茶の芳しい香りが湯気と一緒に立ち昇った。部屋に入った時、嗅いだいい匂いは、紅茶の香りだったのか、と龍之介は納得した。

竜崎大尉は砂糖壺から、スプーンと呼ばれる小さな匙《さじ》に山盛りの白砂糖を掬《すく》った。

「おぬしは、砂糖をどのくらいがいい？　二杯か三杯か？」

笠間は即座にいった。

「それがしは、甘い紅茶が好きですので、三杯お願いします」

竜崎大尉は次に龍之介に何杯にするときいた。

「それがし、甘党なので、たくさんお願いします」

竜崎大尉は龍之介に砂糖壺を回した。

「好きなだけ入れればいい」

龍之介はスプーンで何杯も砂糖を掬い、紅茶に入れた。

「そのくらい入れれば、だいぶ甘いはずだ」

竜崎大尉はにやにやしながらいった。

龍之介は茶碗にスプーンを入れ、ぐるぐるとかき回した。覗くと溶けない砂糖の粒粒がくるくると紅茶の中で回っていた。

「おぬしらを呼んだのは、実は相談があるからだ」

「なんでしょう？」

笠間は茶碗の把手を持ち上げ、湯気が立つ紅茶を啜りながら訝った。龍之介も茶碗を持ち上げ、口に運んで一口啜った。

熱い。そして、甘い。

龍之介は思わず、茶碗の中を覗いた。砂糖の塊がまだ溶けずにあった。

竜崎大尉は龍之介の様子に、にやにやしながらいった。

「おぬしらは会津藩士であって、幕臣ではない。だから、さっきのように、相手が大身旗本だろうが、幕閣の倅《せがれ》だろうが、堂々と胸を張って、会津藩士の意地を見せることができる。いいことだ」

「…………」

笠間と龍之介は顔を見合わせた。

褒められた後が恐い。何をいわれるか、分からない。

「おぬしらも、おおよそ見当がついていることだろうが、困ったことに、いま講武所上層部には、粛清の嵐が吹いている。みな明日が分からない状態で戦々恐々としておる」

龍之介は甘い紅茶を味わいながら飲んだ。

笠間がきいた。

「粛清と申されるは、井伊大老によるものですか？」

「そうだ」

竜崎大尉は鷹揚にうなずいた。

「大老は将軍の跡継ぎ問題で勝利した余勢をかって、慶喜《よしのぶ》殿を推した一橋《ひとつばし》派を一掃しようとしている。そのため、講武所内でも、一橋派と見られた幹部や教官は、罷免になるか、閑職への左遷だ」

竜崎大尉は腕組みをし、ため息をついた。

「一橋派は開国論者の開明派が多い。だから、朝廷の反対を押し切って諸外国と修好通商条約を結んで、強引に開国に突っ走る井伊大老は、どこかで開国派と共同歩調が取れるはずなのだが、そうしない。井伊大老は、自分の方針に反対した一橋派憎しに凝り固まっている。その一橋派の水戸藩は、一方で尊攘派の本拠ということもあって、井伊大老は尊攘派と一橋派を一緒くたにして弾圧粛清している。実に困ったことだ」

「講武所は、これから、どうなるのです？」

「そう。それが問題なのだ」

竜崎大尉はライアン大尉やオスカー大尉と、フランス語でなにやら言葉を交わした。

「井伊大老は海軍については、海防の必要から海軍創りにはあまり口を出さない。黒船来航を見て、井伊大老もさすがに外国海軍の脅威を感じたのだろう。だから、勝海舟先生たちのいいなりだ。だが、陸の方には、井伊大老は口出しする」

「どのような？」

龍之介は紅茶を味わいながらきいた。

「井伊大老やその一派は、ともかく頭が固い。旧来の軍制のままで良しとして、近代陸軍創設に乗り気ではない。これが困るのだ」

竜崎大尉はため息をついた。

「旧来のままでいい、というと旗本や御家人が幅をきかす、軍組織ですか？」

「井伊大老の頭の中では、これまで通り、戦は武士が担う。百姓町民なんぞ、戦の役に立たぬという考えだ。ただ、鉄砲にしろ大砲にしろ、そういう武器を新しい近代兵器にすればいい、という発想だ。まったく近代軍隊の戦争を知らないのだ。武器さえ近代のものにすれば、よいと考えている。おぬしらは、学生隊を経験し、旧来の武士の隊と近代軍隊との違いが分かったろう」

「はい。自分も旧来のサムライの発想だったので、だいぶ勉強になりました」

龍之介はうなずいた。

笠間は笑いながらいった。

「下っぱの兵士は訓練さえすれば、いい兵士になれるが、あの連中が隊長とか、指揮官になるとしたら、勝てる戦も敗けるだろうな、と思いましたね」

竜崎大尉は、大きくうなずいた。

「旗本御家人は生まれながらにして、地位や身分、階級が決まっており、長年、それに安住してきた。なかには、近代軍隊について、学んでいる旗本御家人もいないことはないが、そういう人たちはごくごく一部だ。ほかの大部分の旗本御家人の子弟は、親の威光を笠に着てただ威張り散らすだけだ。彼らは軍隊ができれば、自動的に自分たちの階級は上になり、隊長とか指揮官になれると思っている」

「たしかに、そうですね」

龍之介は、大身旗本の神山黒兵衛や方岡大膳の横暴さを思い浮かべた。

あの連中が上官になることを考えると寒気がする。

竜崎大尉は断ずるようにいった。

「そうした徳川幕府の身分制や階級制度を、一度ぶち壊さねば、そして、身分階級を問わず、真に才能や実力のある軍人が中心になった軍隊を創らねば、西洋諸国に対抗できる近代的軍隊はできない」

龍之介は竜崎大尉の熱弁に圧倒されて、笠間と顔を見合わせた。笠間も戸惑っていた。

「ははは。それがしの演説は終わりだ。これは、あくまで理想論。現実は、そう簡単ではない。世の中、一挙に変わることはない。だから、次善の策を取って、一歩一歩目標に近付かねばならないのだ。そこが、辛いところだよな」

竜崎大尉は笑いでごまかしたが、目は笑っていなかった。

「では、現実には、どうするのですか？」

「いま講武所の陸軍創りは、軍艦教授所や海軍伝習隊を見習って、人材作りから着手したい、と私たちは考えているのだ」

「人材作りですか」

「時間はかかるが、それが一番の早道だ。地道に軍人の素養のある人材を集めて、教育する。上は上なりに、下も下なりにだ。焦らず、じっくりと人を養成する。それが、長い目で見ても我が国のためになる」

龍之介は訝った。

「上は上なりに、下は下なりに、と申しますと」

「軍隊は、士官や指揮官だけで成り立っているわけではない。下に鍛練を積んだ兵士が大勢必要だ。その兵士を、有能な指揮官が指揮して戦う。兵士は兵士なりに、最前線に立って戦う技術を身につけねばならない。指揮官になる士官は、日頃から戦術や戦略を学び、戦場において、兵を指揮して、戦を有利に進めて勝つ方法を考えねばならぬ責任がある、ということかな」

竜崎大尉は笑顔でいった。

龍之介は紅茶を飲み干し、口元を腕で拭った。舌に砂糖の粒が残っていた。

「そこで、相談なのだが、おぬしたちにやってほしいことがあるのだ」

「どのようなことですか？」

「講武所が移転したら、また歩兵部隊を再編成する。おぬしたちには、まず一番に、戻ってほしいのだ」

「学生隊を再編するのですか？」

「いや、今度は本格的な歩兵部隊や砲兵部隊だ」

龍之介は笠間と顔を見合わせた。

「それがしたちは、会津藩士です。藩のお許しがないと……」

「今度の歩兵部隊、砲兵部隊は、試験的に幕府も藩も超えた軍隊にしたいのだ。いわば、模範部隊あるいは、教導部隊だ。武士も農民、商人、職人、土工や人夫などの別なくみな平等に兵士に採用する。同時に、彼らを指揮する士官も登用し、養成する」

「では、旗本とか御家人とかの連中は？」

「彼らには特別の部隊を組織し、そちらに入ってもらう。つまり、旗本御家人の旧来の先手組《さきてぐみ》とか小姓組《こしょうぐみ》を踏襲した軍組織だ」

「その新歩兵部隊、砲兵部隊から、旗本御家人を排除するのですね」

「排除ではないが、ご遠慮願う。旗本御家人でも、いい人材は採用するが、みな一兵卒から始めてもらう。日頃の訓練ぶりや言動、態度、考え方、人望などを、オスカー大尉たちが慎重に審査検討する。この人は士官にふさわしい、あるいは下士官向きだとか、選抜して階級を引き上げたり、新たな教育をする、ということだ」

「軍隊と教育を兼ねた部隊ですね」

　竜崎大尉はうなずいた。

「そうやって地道に人材を育て、しかるべき時に、陸軍伝習隊を発足させる。海軍伝習隊のようにな。そして、陸軍伝習隊を、将来は我が国の陸軍にする。同じころ海軍伝習隊も海軍になっていることだろう」

「壮大な構想ですね」

龍之介は笠間と顔を見合わせた。

「どうだ、一緒にやってくれぬか。幕府のためではない。我が国のためだ」

竜崎大尉は、慎重に言葉を結んだ。

龍之介は答えた。

「分かりました。少し考えさせてください」

即答するには、事が大き過ぎる。じっくり考えた末に態度を決めたい。

笠間もうなずきながらいった。

「それがしも、考えてから、お返事します」

竜崎大尉は穏やかに笑った。

「いい返答を待っている」

オスカー大尉とライアン大尉が、龍之介と笠間に片言の日本語でいった。

「ワタシタチ、アナタタチガ、シガンスルノヲ、キタイシテマス」

龍之介は笠間と顔を見合わせた。

五

龍之介は講武所の帰り、笠間と別れ、猪牙舟に乗り、深川に回った。鮫吉たちに、深川御屋敷への押し込み強盗たちについて調べてもらっている。その報告が聞きたかった。

花街の賑やかな通りから路地に入る。

会津掬水組の深川詰め所の前で、若い者が箒で掃き掃除をしていた。

「あ、龍之介様、お帰りなさい」

若い者は掃除をやめ、玄関から中の者に、龍之介のことを告げた。

たちまち、別の若い者が水桶を抱えて現われた。

龍之介は脇差しを腰から抜いて、傍らに置いた。上がり框《かまち》に腰を下ろし、若い者の一人に汚れた足を洗ってもらう。足ぐらいは、自分で洗いたかったが、鮫吉から、そうしたら若い者の仕事がなくなる、と叱られた。他人様の足を洗うのも、若い者の修業の一つだというのだ。

「親分は？」

「ただいま、親分は出かけて留守です」

「そうか。では、待たせてもらおう」

龍之介は脇差しを携え、若い者に案内されて、廊下を奥に進んだ。

奥の座敷には、助蔵が机に向かい、帳簿をめくっていた。

「龍さん、お帰りなさい」

「ただいま」

龍之介は助蔵に挨拶し、座敷の掃き出し口に腰を下ろした。

龍之介は助蔵に尋ねた。

「押し込みについて、何か進展はありましたかね？」

「銀兵衛さんたちが、何か聞き込んだらしいですよ」

銀兵衛たちは、押し込み強盗たちの蔵屋敷への入りと出を調べていた。

何を聞き込んだというのか、楽しみになった。

若い者が運んで来たお茶を啜っているうちに、玄関先が騒がしくなった。

「お帰りなさい」「親分、お帰りなさい」という声が聞こえてきた。

やがて廊下をどたどたと足音を立てて、大勢がやって来た。

顔をしかめた鮫吉が、続いて鬼瓦のような顔の銀兵衛がむっつりした表情で座敷に入って来た。

「あ、龍さん、いいところに御出でなすった」

鮫吉は座敷の真ん中にどっかりと胡坐《あぐら》をかき、若い者に、冷えた水をみんなに持って来るように頼んだ。

銀兵衛はしかめ面をして、鮫吉親分の傍らに胡坐をかいた。

子分たちは銀兵衛の後ろに並んで座る。

龍之介は、掃き出し口から、座敷に戻り、鮫吉の前に胡坐をかいて座った。傍らに助蔵も座る。

「みんな、暑い中、ご苦労だった。まずは水を飲んで、喉《のど》を潤してくれ」

鮫吉は銀兵衛や子分たちを労った。

若い者たちが、茶碗を盆に載せて運んで来た。鮫吉は若い者に命じ、薬罐の水を茶碗に注いで、銀兵衛や、後ろに控えた子分たちに配らせた。みんなに茶碗の水が渡ったのを見てから、鮫吉も茶碗に入れた水を旨そうに飲み干した。

「鮫吉、何か分かったかい？」

「龍さん、銀兵衛を褒めてやってくださいな。銀兵衛たちが、押し込み強盗の足取りを嗅ぎ付けたんでやす」

鮫吉は銀兵衛に目で報告するように促した。

銀兵衛はうなずき、龍之介に頭を下げた。

「子分たちが聞き込んだことによると、押し込み強盗団は、三艘の高瀬舟を操って、大川の上流からやって来たそうです」

「三艘の高瀬舟か」

「それも船提灯を消して真っ暗闇のなか、音も立てずに深川御屋敷近くの船着場に寄せたそうです。さらに、その三艘のほかに、屋根船が一艘、付き添っていたらしいんです」

「ほう。その屋根船の動きは?」

「丁吉《ちょうきち》、おめえ、報告しな」

銀兵衛は後ろを振り向き、丁吉にいった。丁吉は、膝行して、龍之介の前に進み、ちょこんと頭を下げた。

「明かりを消した高瀬舟三艘を見ていたのは、あっしのダチで、たまたま新大橋の上で酔い醒ましをしていたら、橋の下を高瀬舟が三艘連なるように下って行った。闇夜に怪しいな、と見ていたら、その三艘の後から、これまた明かりを消した屋根船の影がついて行ったってんです」

深川御屋敷は、新大橋からよく望める岸辺にあった。闇夜とはいえ船影はよく見える。

「それで？」

「ダチの野郎は、酔いがちょうど醒めたところで、怪しい舟だってんで、橋を渡った。岸に沿った道を走って、舟の後を尾けたんです。ちょうど深川御屋敷のあたりの暗がりから、ちらちらと、莨《たばこ》の火らしい合図が見えた。三艘の高瀬舟は、音もなく、その莨の火をめざして進んで、深川御屋敷近くの船着場に横付けになった。するってえと、高瀬舟から十数人の人影がつぎつぎに船着場に上がった」

「なるほど。それで？」

「人影は、岸に上がると三隊に分かれて、屋敷に忍び込んで行ったってんです」

「三隊に分かれた？」

「一隊が屋敷の裏手に回り、一隊が屋敷の正面の門に向かった。残る一隊が、塀によじ登り、屋敷の敷地に飛び降りて消えたそうです」

「もう一艘の屋根船は、どうしたのだ？」

「三艘の高瀬舟の様子をじっと監視していたようなのです」

「監視していた？」

銀兵衛が口を開いた。

「あっしの考えでは、指令船じゃねえかと」

「指令船？」

「おそらく、今回の蔵破りを指揮する野郎が乗っていたんじゃねえかと思うんです」

「なるほど。その屋根船は、その後、どうした？」

「ちょっと待ってくだせい。話の順序ってものがありますんで。蔵に忍び込んだ連中が、しばらくして、船着場に戻って来た。そんときには影たちは、堂々と蔵屋敷の正面の扉を開けて何箱もの木箱を運び出していたそうです。影たちは木箱十個ほどを、船着場で待っていた二艘の高瀬舟に積み込んだ。そして、最後に大きくて重そうな黒い箱が運ばれた。七、八人が担いで、ようやく舟に載せたそうです」

「それが金庫だな」

「金庫が運ばれて来た時には、木箱を載せた高瀬舟二艘は、船着場から出て、河口に向かっていたそうです」

「金庫を載せた高瀬舟は遅れたんだな」

「それが違うんで。その高瀬舟は先の二艘とは逆に大川を遡《さかのぼ》り、新大橋と両国橋を潜り抜け、今度は神田川に入って行ったんで」

「先の二艘と別行動になったというのか」

「そうなんで」

「屋根船は、どうした？」

「三艘の高瀬舟の動きを見届けてから、金庫を載せた高瀬舟を追うように、神田川に入って行ったそうなんで」

「その金庫を載せた高瀬舟は、どこに消えたのか、足取りは分からないのか？」

銀兵衛は顔をしかめ、頭を振った。

「金庫を載せた高瀬舟の後を、屋根船が追って行ったというので、どちらも行き先は同じと見て、秀造《しゅうぞう》に屋根船の足取りを調べさせたんです。ところが、一日以上経っても、秀造が戻らねえんです」

鮫吉がいった。

「秀造は、尾行の名人でしてね。おそらく、件《くだん》の屋根船を洗い出し、船頭を見付けて聞き出そうとしたんじゃねえか、と思うんです。それで、つい深追いして、押し込み連中に捕まってしまったんじゃねえかって心配してるんです」

龍之介は秀造が敵に捕まって、殺されたのではないか、と危惧した。だが、鮫吉や銀兵衛の顔を見ていると、そんな想像は口に出すのも憚《はばか》られた。

「そうか。秀造の行方を調べる手蔓《てづる》はあるのかい？」

鮫吉は腕組みをして、うなずいた。

「いま、うちの子分を総動員し、秀造があたった屋根船の船頭か持ち主を捜し出し、聞き込もうとしてます」

銀兵衛も低い声でいった。

「酉蔵《とりぞう》たちが必死に探しているところですから、きっとそのうち何か手がかりが出てくるでしょう」

鮫吉がいった。

「銀兵衛、木箱を運んだ高瀬舟の足取りを話してくれ」

「へい。これも、丁吉から、報告させます。丁吉、話せ」

丁吉が「へい」といい、話し出した。

「河口に架かった永代橋《えいたいばし》の両袂には、御船手の番所がありやす。無灯火の船が、真夜中に永代橋を潜ったら、御船手の役人は絶対に見逃しません。必ず、不審船を停止させて臨検する。ところが、当夜、御船手の役人に問い合わせると、不審船などなかった、というんです。まして、荷物を運ぶ高瀬舟だったら、見逃すはずはない、と」

「高瀬舟は消えたというのか？」

「へい。あっしのダチは、二艘の舟は永代橋の河口の方に下ったと見たが、そうではないかも知れない。永代橋の手前で、大川は掘割に入る水路がありやす。田安《たやす》様の屋敷を右に入る掘割で、崩《くず》れ橋《ばし》が架かっている。もしかすると、二艘の高瀬舟は、この掘割に入ったのかも知れない」

「その掘割は、どこに通じているのだ？」

「それが複雑に枝分かれしていやして、崩れ橋を潜り、真直ぐ道なりに進めば、亀島《かめしま》橋《ばし》を潜り、江戸湾に通じるんで。だけど、江戸湾に出る口に御船手の番所がある。そこを深夜無灯火で通れば、やはり役人は不審船として止めるでしょう」

「無灯火の高瀬舟は通ったのか？」

「いや。こちらの御船手の役人も、見ない、といっていた」

「すると、江戸湾には出ず、掘割沿いのどこかに鉄砲の木箱は陸揚げされたとなるな」

「へい。掘割は、崩れ橋を過ぎたところで右の掘割に入れば、外堀にも通じており、大名屋敷や蔵屋敷がそれこそ無数にあるんで、調べるのは容易ではないんです」

「しかし、高瀬舟はほとんど小型の舟だが、運搬用の少し大きなものもある。台数も持ち主も、船頭も限られているのでは？」

「へい。いま子分たちに、当夜、運搬用の少し大きな高瀬舟を動かした持ち主を探すようにいってあります。舟数は五、六百艘以上あると思いますけど、持ち主の数は少ない。そのうち、何か分かると思います」

「鉄砲の行方を追うのは、もしかして、危険かも知れない。十分に用心して探してほしい。いってくれれば、それがしも駆け付ける」

「分かりやした。大丈夫、時間はかかるけど、きっと高瀬舟を捜し出します。そして、船頭を捕まえて、脅せば、どこに木箱を運んだか、きっと白状するでしょう」

丁吉は自信ありげにうなずいた。

鮫吉も笑いながらいった。

「龍さん、これだけ分かったのは上出来ですぜ。あとは、銀兵衛や丁吉たちに任せて、お待ちください。果報は寝て待てというじゃありませんか」

龍之介も焦っても仕方がない、と自分に言い聞かせた。

助蔵も慰め顔でいった。

「そうですよ。龍さん、今日は屋敷にお帰りになってください。知らせを待ちましょう。私も鉄砲のこととか、武器商人のスネルに手紙を書いて、変な売り買いの噂はないか、問い合わせてみますよ」

るのだった。

龍之介は、蔵破りに対して、自分の無力さを見せ付けられる思いがして、憂鬱にな

「うむ。頼む」

鮫吉や助蔵の助言もあって、龍之介は猪牙舟で、三田藩邸に戻った。

三田藩邸に着いた時には、夜四ツ（午後十時）を過ぎていた。

この数日、三田藩邸にも戻らず、あまり眠っていない。

風呂にでも、ゆっくり浸かり、軀と心を休めて、明日からまた出直そうと思った。

龍之介は三田藩邸の正門の通用口を入り、暗い庭の中を横切って、宿舎へ急いだ。

食事は深川の会津掬水組の詰め所で摂った。

あとは風呂に入り、寝床に潜り込むだけだ。そう考えただけでも、眠気が襲ってくる。

部屋に戻り、風呂に入る支度をしていると、隣室の笠間慎一郎が龍之介に声をかけてきた。

「おう戻ったか。おぬしに、上屋敷の篠塚さんから、急な知らせがあったぞ」

「どんな知らせですか？」

「会津藩士の鹿島明仁《かしまあきひと》を知っているよな」

「ええ。それがしの同期です」

「今朝、昌平坂《しょうへいざか》学問所に、幕府の目付による手入れがあって、鹿島明仁が捕まったそうだ」

「なんですって、明仁が捕まった？」

「うむ。それで、篠塚という用人が、とりあえず、知らせてくれた」

「何の嫌疑ですか？」

「尊攘派一味に関係し、幕府転覆の謀議をした容疑だそうだ」

明仁が尊攘派一味に関係していた、というのか？

そんな馬鹿な。あいつは、そんな過激な行動を取る男ではない。

「篠塚さんいわく、どうやら、井伊大老の弾圧策だろう、とのことだ。同様な嫌疑で、いま幕府内でも、粛清の嵐が吹きまくっているそうだ」

ついに、井伊大老の粛清の波が、明仁のことも飲み込んだというのか。

「それで、いま明仁は、どこに囚われているといっていましたか？」

「伝馬町の牢屋敷だそうだ。大勢の尊攘派志士が、ぶち込まれているらしい」

「どうしたら、いいのか」

龍之介は途方に暮れて、呆然とするのだった。

「篠塚さんが、おぬしに警告した。役人たちは、明仁の交友関係を捜索し、友人知己《ちき》をどんどん捕まえているそうだ。龍之介も用心しろ、とのことだった」

おれにも役人の手が回るというのか。

龍之介は、愕然とした。

庭の鹿威《ししおど》しが、甲高い音を立てた。

夜はしんしんと更けていく。

第三章　影の一味を追え

一

会津藩上屋敷の邸内は静まり返っていた。

龍之介は、翌朝、急いで西郷頼母を訪ねた。すでに頼母は昨日のうちに馬で会津に出立していた。

頼母の用人の篠塚和之典は、龍之介を書院に招き入れた。

篠塚は、昌平坂学問所の学生である鹿島明仁が、なぜ、幕府役人の詮議を受けているかの説明をしてくれた。

「鹿島明仁殿は、密かに吉田松陰《よしだしょういん》門下の尊皇攘夷派の志士たちと会っていたらしいのです」

篠塚は穏やかな口調でいった。

龍之介は内心舌打ちした。

以前、明仁と会った時、明仁は尊皇攘夷にかぶれてはいないと明言していた。だが、明仁も、学者の卵として、尊攘派の志士たちと意見を交わしたり、会合に出ているともいっていた。だから、追捕の対象者になっているかも知れないとも。

万が一、自分が追捕されることになったら、と明仁がいった時、龍之介は即座に逃げろといった。四の五のいわず、逃げろ、と。

明仁は男として、武士として、逃げるような卑怯者《ひきょうもの》にはなりたくない、といった。

だが、昔のおれと違い、いまのおれの考えは違う。

生きてこそ華だ。せっかくこの世に生を受けたのだ。若いうちに、思い切り生を満喫しろ。人生は二度とない。無駄に命を棒に振るな。

これは、死に物狂いで斬り合い、己れが生き延びるために、人を殺《あや》めてしまった悔恨から思ったことだ。

そのことを明仁に解《わか》らせるために、女子と逢わせて、人生の楽しみをひとつ教えた。生きることの素晴らしさに気付かせ、人生の奥深さを理解させた……つもりだった。

それを、あの明仁は、自《みずか》ら捨てようとしている。

「明仁は、いったい、どこで捕まったのです？」

「尊攘派の志士たちがよく集まっている昌平坂学問所での会合に出かけて行き、張り込んでいた幕府の役人たちに一網打尽にされたそうなのです」

わざわざ幕府の役人たちが張り込んでいるところにのこのこ乗り込んで行く馬鹿がいるか。龍之介は呆れた。

いまごろ、明仁は役人に拷問にかけられ、仲間の名前を吐けとか、あるいは、幕府要路《ようろ》の誰を襲おうと企んでいるかと自白を迫られているのではないのか。

龍之介はため息をついた。

「頼母様には鹿島明仁が役人に捕まったこと、お伝えしてあるのですか」

「もちろんです。そもそも昌平坂学問所からの知らせが入ったのは、ちょうど頼母様が馬で会津へ出立する時でした。頼母様は驚いて、それがしに、三田藩邸にいる望月龍之介殿に伝えるようにと」

「頼母様は、何かおっしゃっておられましたか？」

「これは何かの間違いではないか、と驚いておられました。学究肌の鹿島明仁が尊攘派に加わるはずがない。頼母様はそれがしに、すぐに江戸家老の梁瀬《やなせ》様に知らせよ、と。会津藩として幕府評定所に、会津藩士鹿島明仁の安全と身柄釈放を要請しようと申されました」

龍之介は、さすが頼母様だ、事への対応が早いと思った。

篠塚は話を続けた。

「いまは井伊大老の粛清の嵐が吹き荒れている折も折だ。鹿島明仁に、どういう嫌疑がかけられたのか分からぬが、すぐに放免とはいくまい。さらにでっちあげの冤罪《えんざい》ということもある。江戸家老の梁瀬様や若年寄一乗寺昌輔様に、幕府へ働きかけてもらい、なんとか鹿島明仁の身柄を釈放させたい。頼母様は在所に戻り、家老会議で、このことを話され、筆頭家老一乗寺常勝様にもお願いする、と申されていました。会津藩を挙げて、鹿島明仁の救援に乗り出せば、きっと井伊大老も考え直してくれるだろう、と」

「ありがたいことです」

龍之介は頼母に深く感謝した。

「それがしも友として、牢屋敷に出向き、明仁と面会して励まそうと思うのですが」

「それはおやめになった方がいいと思います。頼母様は、それがしに、龍之介殿に動くな、と伝えよと申されていました。きっと鹿島明仁殿の交友関係が洗われている。そんな時に牢屋敷へ出向いたら、わざわざ、自ら捕まりに行くようなものだ、と」

「さようか」

龍之介は、さもありなんと思った。

鹿島明仁には可哀相《かわいそう》だが、自業自得《じごうじとく》の面もある。たとえ、己れが牢屋敷に出向いたからといって、明仁の身柄を請け出せるわけではない。役人は龍之介を、こやつも明仁の同類かと疑うに決まっている。捕まってから、いくら申し開きをしても、役人は容易には、潔白を信じてくれまい。

「鹿島明仁殿のことは、頼母様や藩執政に任せましょう。頼母様は在所での家老会議が終わったら、家老会議の結果を御上に報告するため、できるだけ早くお戻りになるそうです」

「分かりました。それまで、それがしは大人しくしていることにします」

龍之介は篠塚にいった。篠塚は、ほっとした表情でうなずいた。

二

龍之介は上屋敷を出ると、舟に乗り、深川の会津掬水組の詰め所に向かった。

鮫吉たちのその後の探索の様子が気になっていた。昨日の今日なので、すぐには探索の結果を期待することは出来ないものの、気を揉みながら、三田藩邸でじっと待っているよりは、詰め所で待った方が気が楽だった。

もしかして、龍之介の出番もあるかも知れない。いつまでも鮫吉たちの世話になるわけにはいかない。

舟は大川を横切り、小名木川に入って行く。どこからか三味線の音に合わせ、女の声の小唄が流れてくる。深川の花街は、昼の最中《さなか》から、すでに賑やかになっている。

太鼓橋の高橋が迫ってきた。

船頭は心得た顔で、高橋の袂の船着場に舟を着けて止めた。

「行ってらっしゃいませ」

船頭はにやついていた。龍之介が花街に遊びに来たと勘違いしている。

龍之介は何もいわずに船賃を船頭に渡し、陸《おか》に上がった。

花街の通りには、秋祭りの提灯《ちょうちん》が各所に吊るされていた。空の高みには、箒で掃いたような雲が薄く棚引いている。路地のあちらこちらには、枯れ薄《すすき》の穂が顔を出し、かすかな風にそよいでいた。

花街の中の通りには、何組ものひやかし半分の侍たちがうろついていた。芸妓を連れた商家の放蕩息子が、太鼓持ちにちやほやされながら賑やかに歩いている。

龍之介は、はっとして足を止めた。

派手な羽織を着た大身旗本の武士、その男の腕に腕を回した遊女が目に入った。遊女は龍之介を鋭い目付きで睨んでいる。

夕霧《ゆうぎり》。

龍之介は、唇を噛んだ。右腕が不意に小刻みに震えはじめた。抑えようもない。

龍之介は、感傷を圧《お》し殺した。

龍之介を優しく男にしてくれた夕霧。

次に会った時には、夕霧は高木剣五郎の愛妾になっていた。

龍之介は、その高木剣五郎こと竹野信兵衛を斬った。止むを得ずに。

「夕霧を幸せにしてくれ」

高木剣五郎は、死ぬ間際に龍之介に言い残した。

大身旗本の伊達《だて》男はにやつき、夕霧は男にしなだれかかりながら、じろりと龍之介を見た。

「どうした？　夕霧」

「……なんでもありませぬ」

夕霧は険しい目で龍之介を睨んだままいった。

よくも、私の大事な連れ合いを殺《あや》めてくれたわね。

夕霧の大きな黒い瞳が無言で龍之介を責めていた。

「……済まぬ」

龍之介は目を伏せ、心の中で夕霧に謝った。

「おい、サンピン、邪魔だ。そこを退《の》け。そこ退け、御馬が通る……」

伊達男が酔眼で龍之介を睨み、顎をしゃくって退けという仕草をした。

龍之介は通りの端に、そっと身を寄せた。

「人の恋路を邪魔するやつは、と。馬に蹴られて死んじまえ」

伊達男は、都々逸《どどいつ》を口ずさみながら、これ見よがしに、夕霧の肩を抱き、よろめきながら、龍之介の軀を押し退けて通り抜けた。

旗本の伊達男と夕霧は、よろけながら、花街の通りを歩いて行く。

龍之介は二人が仲睦まじく、通り過ぎるのをじっと待った。

夕霧は二度と龍之介を振り返らなかった。

本当に申し訳ない。

龍之介は歩き去る夕霧にそっと黙礼し、踵《きびす》を返した。

会津掬水組の詰め所のある路地に入り、龍之介は大きく息をついて、気を取り直した。

黒塀に沿って歩き、会津掬水組の詰め所の玄関先に着いた。

詰め所は異様な騒ぎが起こっていた。

玄関先で番をしていた若い者が、龍之介に気付き、「お帰りなさい」と挨拶した。

奥の座敷の方から、鮫吉の怒声が響いた。

誰かを責める声だった。

「何事だ？」

「いましがた、銀兵衛兄貴から急ぎの使いが来たんです。秀造の御六《おろく》が上がったんでさ」

御六は南無阿弥陀仏の六文字で、遺体を意味する隠語だ。

鮫吉が廊下をどたどたと足音も高く走って来た。鮫吉の後から助蔵や丁吉なども続いていた。

鮫吉は龍之介の顔を見るなりいった。

「龍さん、秀造が殺《や》られた」

「どこで？」

「まだ、分からねえ。ともかく一緒に来てくだせえ」

鮫吉は三和土《たたき》で雪駄《せった》を突っ掛けると、玄関から飛び出して行った。その後を助蔵と子分たちがどやどやっと続いた。

龍之介も腰の脇差しを押さえて、助蔵たちと一緒に走り出した。

「どこへ行く」

「両国橋の袂に流れ着いたそうです。遺体は川から引き揚げられ、いまは番所に安置されていると」

鮫吉は花街の通りを抜けて、高橋の船着場に駆け下りて行った。船着場に居た猪牙舟に飛び乗った。鮫吉は、龍之介を手招きした。

龍之介と助蔵は急いで船着場に下り、相次いで舟に乗り込んだ。同時に船頭が棹を岸に突いて掘割に舟を出した。

鮫吉は、船着場に下りたものの舟に乗れなかった子分たちに怒鳴った。

「先に行く。てめえらも、舟を見付けて早く来い」

猪牙舟は掘割の水面を滑るように走り、大川へ向かった。

猪牙舟が両国橋の袂の船着場に到着すると、鮫吉は真っ先に船着場の栈橋に飛び移った。龍之介は助蔵と一緒に鮫吉の後に続いた。

岸の上には子分たちが鮫吉を出迎えた。

「親分、こっちでやす」

鮫吉は子分たちに案内されて、川守《かわもり》の番小屋に急ぎ足で入って行った。龍之介たちも続いた。

川守たちは遠慮して、番小屋の外に待機していた。

「いろいろご面倒をおかけします」

鮫吉たちは、川守たちに頭を下げた。

番小屋の中は薄暗く静まり返っていた。

二間続きの部屋に布団が敷かれ、そこに遺体が横たわっていた。傍らに鬼瓦の顔をさらに険しくした銀兵衛が肩を落として座っていた。

「秀造に間違いねえか?」

鮫吉は銀兵衛に訊きながら、遺体の前に座った。

「へい、たしかに秀造でやす」

銀兵衛は手を合わせると、遺体の顔にかけた白布の端を摘み上げて外した。

土気色をしているが、たしかに秀造だった。

「畜生、誰が、秀造をこんな目に遭わせやがったのか。許せねえ」

鮫吉は両手を合わせて、秀造の亡骸に冥福を祈った。

龍之介と助蔵も秀造の遺体の前に正座し、合掌した。

「銀兵衛、川を流れて来たっていうが、この様子から見て、溺死じゃねえな」

「へい。刺し傷が体中に何カ所もありやす。見てやってくだせい」

銀兵衛は子分に目配せし、秀造の遺体の着物の前を開けた。左胸や腹部に数カ所の刀傷が見えた。

鮫吉は遺体の傷痕を見ると、龍之介を振り向いた。

「龍さん、見てやってくんなせい。この刀傷、どう見やす？」

龍之介は遺体の前に座り、黒い血糊が付いた傷を調べた。

「背中の方も見せてほしい」

「へい」

銀兵衛は秀造の遺体を俯せにし、着物を脱がして裸にした。

背中にも四カ所の刺し傷があった。

前から後ろから、大勢で刺した傷痕だった。

「畜生。許せねえ」

鮫吉は唸り声を上げた。

「みんなで秀造を嬲《なぶ》り殺しにしやがった」

龍之介は丹念に一つひとつの傷痕を調べた。刺し傷は、大小さまざまだった。刀を突き入れたものの、肋骨に当たって止まった浅い傷もあれば、深々と突き刺し、背中から切っ先が出た傷もある。

「どうです？　龍さん」

「おそらく取り囲んで、大勢で刺突《しとつ》の稽古をしたのかも知れない」

「刺突の稽古ですかい」

「そうだ。刀で撫で斬りするのではなく、人を刺突で殺す訓練だ」

「いってえ、どうしてそんなことするんでやすか？」

龍之介は秀造の傷痕の不揃いさを指差した。

「刀で斬り合う場合、刀で撫で斬りするのでは、相手はそう簡単には死なない。よほどの深手を負えば別だが、確実に人を殺す方法は、実は刺殺だ。刺突は、心の臓を突き刺せば即死する。だが、そうできなくても、刺突は必ず深手を負わせ、血を大量に失わせて、死に至らせる。だから、戦《いくさ》では昔は槍術が、いまでは銃剣術が有効だ」

「刺突が有効なんですか？」

龍之介はうなずいた。

「この刺し傷は、誰か手練の者が、刺突をしたことのない初心者に刺突をやらせた痕ではないかと思う」

「じゃあ、連中は秀造をよってたかって、刀で刺突し、殺しの練習をしたってわけですかい」

鮫吉は怒気を抑えた声でいった。銀兵衛も唸った。

「親分、秀造を殺ったやつら、許せねえ」

「畜生、親分、秀造兄貴の仇《かたき》を討ちましょう」

丁吉ら子分たちも怒りに震える声で、復讐を誓った。

鮫吉は銀兵衛に秀造の遺体を元に戻させ、顔に白布をかけた。

龍之介は、銀兵衛に尋ねた。

「秀造さんの遺体は、誰が見付けたんです？」

「川守たちです」

「いつでしたか？」

「今朝のことでやす。通行人から、神田川に人が流れていると、番小屋に知らせがあった。で、川守の番人たちが舟を出し、大川近くに浮かんで流れていた遺体を引き上げ、ここに運び込んだ。番人のなかに、あっしらが秀造を探しているということを知っている男がいて、ひょっとしたらと、あっしに知らせてくれたんで」

　鮫吉が銀兵衛と子分たちを見回し、圧し殺したような低い声でいった。

「銀兵衛、秀造の弔いは、おれがやる。てめえたち、秀造の仇討ちだ。秀造を殺したのは、蔵破りの烏天狗党ってえ悪党どもだ。やつらは神田川の流域のどこかにいる。なんとしても、やつらの居場所を捜し出せ。秀造が残した跡を追って行けば、やつらの隠れ家に辿り着く。いいな」

「親分、あっしらに任せてください。必ず、秀造を殺めた連中の本拠を見付け出しやす」

　銀兵衛は鬼瓦の顔をさらに険しくして、番小屋に集まった子分たちを見回した。

「てめえら、親分の檄《げき》を聞いたな。これから、手分けして、秀造の足取りを追う。一昨夜、秀造と一緒にいたやつは誰だ？」

「あっしでさ」

　目を真っ赤にした若い者が、銀兵衛の前に進み出た。

「捨吉《すてきち》か。秀造とは、どこまで一緒だった？」

「神田川の船頭詰め所に聞き込みに行ったところまででやす」

　捨吉は腕で涙を拭いながらいった。

「そこからは？」

「秀造兄貴は、無灯火の高瀬舟と屋根船を見かけたという船頭と一緒に舟で川を遡りました」

「その船頭の名は？」

「為三郎《ためさぶろう》って年寄りの船頭でした」

「どうして、てめえは秀造と一緒に行かなかったんだ？」

「秀造兄貴が、おれ一人でいいっていうんです。おめえは、もう一人の船頭に当たれって」

「もう一人って？」

「浜平《はまへい》という若手の船頭で、怪しい高瀬舟と屋根船とすれ違ったというんです。で、秀造兄貴は、おめえは浜平って船頭に当たれって。そいつの話を確かめろと」

銀兵衛はうなずいた。

「で、その浜平の話は、どうだったんだ？」

「浜平は廓《くるわ》帰りの侍を外堀沿いの屋敷に届けた帰りに、屋根船と無灯火の高瀬舟とすれ違ったそうなんです」

「どこですれ違ったってんだい？」

「牛込《うしごめ》御門を過ぎ、さらに下って小石川《こいしかわ》御門に向かう途中だったそうで」

「何刻ごろだ？」

「夜中も夜中。丑三つ刻だったと」

「そんな時刻に、川を遡る船は少ねえ。きっと烏天狗党の連中だな」

「それが、先を行く屋根船は舳先《へさき》に提灯を下げていたそうなんで。後から来る高瀬舟らしい船影は無灯火だったので怪しいなと思ったそうなんです。だけど、あっしらが追っている屋根船は提灯を吊るしてないということだったから、追っている船とは違うんじゃねえかって思ったそうです」

「いや、そうじゃねえ」

銀兵衛は頭を振った。

「ずっと無灯火では危ないってんで、きっと途中で屋根船の船頭は提灯を舳先にぶら下げたんだ。そして高瀬舟を追い抜いて先導したんだ」

鮫吉もうなずいた。

「ちげえねえ。捨吉、船頭は提灯の紋印《もんじるし》を見ているんだろう？　何だったたって？」

「丸に柏葉《かしわば》一枚だったそうです。だから、どっかの旗本の御用船だな、と」

「丸に柏葉ってえのは、どこの旗本だ？」

鮫吉の問いに子分たちは、互いに顔を見合わせ、誰も答えられなかった。

龍之介も頭を振った。

旗本八万騎といわれる。その家紋など覚え切れるわけもない。

助蔵が首を傾げながらいった。

「親分さん、私は、その家紋、どこかで見た覚えがあります」

「どこで？」

「万字屋の店にいた時に。たしか取引相手の中にあったような気がします。だが、誰だったか……ええい、思い出せない」

鮫吉は笑った。

「助蔵さん、そのうち、思い出してくれ」

「分かりました。そのうち、なんとか思い出すでしょう」

「で、捨吉、浜平は、屋根船と高瀬舟はすれ違ったあと、そのまま外堀《そとぼり》の牛込御門の方に行ったのか。それとも右手の神田川の水路に向かったか？」

銀兵衛の頭には、江戸の地図がちゃんと入っているらしい。三崎《みさき》付近で神田川は外堀に入り、その先は大川に至る。重要な運輸の水路である。

「すれ違った後、二艘は右手神田川に入って行ったそうでやす」

銀兵衛は大声でいった。

「でかした捨吉。そうと分かれば、捜索範囲は神田川流域になる。外堀地域は捜索範囲から外していい。右手に入れば、すぐに船河原橋《ふなかわらばし》があり、ついで立慶橋《りゅうけいばし》、中ノ橋《なかのばし》、石切橋《いしきりばし》が続く。両岸には武家屋敷や寺社がある。みんなで捜索地域を分担し、高瀬舟が入るような船着場を捜すんだ」

「合点だ」

「いいか、夜中とはいえ、目撃者が、川沿いのどこかに必ずいる。川沿いの屋敷、民家、寺社、人が集まりそうな場所や家を、一軒一軒、蝨潰《しらみつぶ》しにあたって聞き込め。怪しいと思ったら、すぐにおれに知らせろ。いいな」

「おう!」

子分たちは一斉に雄叫《おたけ》びを上げた。いずれもが復讐心に顔を引きつらせていた。

鮫吉が銀兵衛に聞いた。

「秀造が最後に会った船頭の為三郎は、どうする?」

「あっしに任せてくだせい。為三郎が何か知っていると思いやす。しっかり、問い詰めてみます」

「うむ。頼むぞ」

鮫吉は大きくうなずいた。

「よし。行くぞ」

銀兵衛は怒鳴った。その声を合図に、子分たちは、ぞろぞろと番小屋の外に出て行った。

「待て、丁吉、おめえは手下たちと残って、秀造の密葬を仕切れ」

「へい。分かりやした」

丁吉は、やや不満げだったが、手下の若い者たちに顎をしゃくって止めた。

「では、あっしはこれで」

銀兵衛は鮫吉や龍之介に頭を下げて、着物の裾を尻っぱしょりして、外に出て行った。

鮫吉は、丁吉にいった。

「おめえたちは、密葬の段取りを終えたら、後はおれが引き継ぐ。おめえたちは、引き続き鉄砲を盗んだ烏天狗党の跡を追え。どこへ鉄砲を運んだかが分かれば、そっちからも烏天狗党の隠れ家が見つかるかも知んねえ。いいな」

「へい。合点でさ」

丁吉は顔を明るくし、頭を下げた。

「じゃあ、みんな、密葬の手配だ」

丁吉も手下を引き連れ、番小屋を出て行った。

龍之介は腕組みをしながらいった。

鮫吉は龍之介に向き直った。

「龍さん、あとは銀兵衛や丁吉に任せ、あっしらは、蔵破りに押し込まれた時の番方たちから、鳥天狗党のことを聞き出しましょうや。どうも、三人の話があやふやで、気になって仕方ねえ」

助蔵もうなずいた。

「私も同感です。どうも、川谷仇蔵と、番方の三人、何か隠しているような気がする」

「押し込み事件を、もう一度洗い直す。何か出てくるかも知れない」

龍之介も助蔵同様に、番方たちに疑念を抱いていた。

三

龍之介は鮫吉と助蔵を連れ、深川に戻り、深川御屋敷を訪ねた。

屋敷の門番の小頭佃三吉は、会津藩士の龍之介をよく覚えていた。すぐに龍之介たちを蔵屋敷内に通してくれた。

龍之介は佃に深川御屋敷守の草間錦之介は在宅かと訊いた。佃は、はいと答えた。

「御免くだされ」

龍之介は大声で訪《おとな》いを告げた。

玄関先に現われた用人は、いかにもまだ若造の龍之介と、無頼風の鮫吉、商人風情の助蔵を見て、顔をしかめた。

龍之介は深川御屋敷守の草間錦之介殿に面会したい、といった。

「いま、草間様は所用でお出かけになられております」

用人は露骨に居留守を使おうとした。

龍之介は、奥にも聞こえるように、大声でいった。

「それがし、望月龍之介と申す。本日は御家老西郷頼母様の御用で、取り調べに参った。御不在なら待たせてもらうぞ」

龍之介が家老の西郷頼母の御用で来たと聞いて、用人は慌てはじめた。

「少々お待ちください。まだ屋敷にいるかも知れませんので」

用人は奥へ行こうとした。

奥の方から、どたどたと廊下を急ぐ足音が聞こえた。

「これはこれは、望月龍之介様、失礼いたしました」

奥の部屋から、慌てふためいた草間錦之介が、急ぎ現われた。

草間は玄関先の廊下に正座して、平伏した。

「ようこそ、御出でくださいました。望月様」

用人も慌てて、草間の脇で平伏した。

鮫吉も助蔵も、草間と用人の豹変ぶりに呆れていた。

「さあ、御上がりください。お連れの方々も、さあ、どうぞ座敷に」

草間は用人に座敷に案内するよう命じた。用人は、さっきまでの仏頂面《ぶっちょうづら》をやめ、満面に作り笑いを浮かべて龍之介たちの先に立って案内した。

龍之介は鮫吉、助蔵と顔を見合わせた。

座敷に通された龍之介は、床の間を背にした上座に座らされた。助蔵と鮫吉は、座敷の出入口近くの席に座った。

草間は龍之介の前の下座に正座し、深々と頭を下げた。用人も、草間の後ろに控え、神妙な顔をしている。

草間錦之介は深川御屋敷守という職責にあるが、身分は中士だった。龍之介は、花《はな》色紐《いろひも》の上士。一応、御家老西郷頼母の使いとなれば、身分の高い者として敬わなければならない。龍之介は、内心、そんな会津藩の身分制度が嫌いだったが、深川御屋敷守の草間錦之介から何かを聞き出すには、上士という身分を利用するしかないと思った。

草間は恐る恐る確かめるようにきいた。

「望月龍之介様は、もしや御用所密事頭取だった望月牧之介様のご子息でございますか」

「さよう。父上が、この深川御屋敷の門前で切腹し、おぬしたちにはなはだ迷惑をおかけしたこと、倅としてお詫びいたす」

龍之介は草間に頭を下げた。

「迷惑などとは、滅相もないこと。あの件については、すでに終わったことでして……」

草間はしどろもどろで口を濁している。

「本日、お訪ねしたのは、先に起こった押し込み強盗、蔵破りについてのことでござる」

「詳しい報告は、御家老様に申し上げましたが」

「先日の幹部会議での草間殿の報告は、頼母様からお聞きしました。本日は、報告なされなかったことについて、詮議させていただきます」

「はあ。どのようなことでございましょうか？」

草間はやや青ざめた表情で龍之介を見た。

「頼母様は草間殿に、たいへん同情されていた。いろいろ上からの圧力がかかり、往生されておるだろう、と」

「ありがとうございます」

「まずお訊きしたいのは、盗まれた鉄砲のことだ。保管されていた鉄砲は、旧式のゲベール銃だったのではないのか？」

「それは保秘でござって、それがしにはなんとも答えられません」

こほん、という咳払いが部屋の隅から聞こえた。助蔵に目をやると、助蔵が目で草間の背後に控えている用人を指した。

「草間殿、これからの話は、他人に聞かれてはまずい。人払いをしてほしい」

「人払いですか？」

草間は龍之介の顔を見た。龍之介は目で用人を指した。

「これ、土屋《つちや》、しばらくの間、下がっておれ」

「しかし……」

龍之介が笑いながらいった。

「土屋とやら、おぬし、御上の命令が聞けぬというのか？」

「いえ、そんな」

「それとも、おぬし、誰からか、草間殿を監視しろといわれているのではあるまいな」

「なに、土屋、わしを監視しておるのか？」

「め、滅相もないこと」

土屋と呼ばれた用人は、大慌てで立ち上がった。

「では、隣の部屋に控えております」

龍之介は威圧するようにいった。

「ならぬ。我らの話に聞き耳を立てようというのか？」

「いえ、とんでもないことです。では、事務方の部屋におります。何か御用の際は、お呼びください」

土屋は、ほうほうの体《てい》であたふたと、座敷から出て行った。

「望月様、こちらのお供の方々も」

「いや、いい。彼ら二人の口は堅い。聞いたことは、それがしの許可なしには、他人に洩らすことはない」

鮫吉がにやにやしながらいった。

「安心しな。あっしらは義と仁に生きているんだ。他人を売るような真似はしねえ。お侍のようにはな。おっと、侍は侍でも龍さんは別だぜ」

龍之介は草間に向き直った。

「で、先程の鉄砲のことだ。盗まれた鉄砲十箱は、新式の鉄砲ではなく、旧式のゲベール銃だったのではないか?」

「それは……一応、保秘になっているのですが」

草間は弱ったという顔になった。

「いま、我々は御上の命《めい》で、蔵破りを追っている。必ず、蔵破りを突き止め、鉄砲を取り戻す。その時になって、新式ではなく旧式のゲベール銃だったら、申し開きはできないぞ。御上を騙したことになるが、それでもいいのか?」

「それがしが喋ったことではなく、保秘にしていただけますか?」

「うむ。いいだろう」

「少々込み入った事情がありまして、まず、盗まれた十箱百挺の鉄砲は、新式のミニエー銃でござった」

「なに新式のミニエー銃だったのか。それで込み入った事情というのは、どんな事情なのか？」

草間はいったんあたりを見回した。

龍之介は鮫吉に目配せした。鮫吉は、すっと立ち上がり、座敷の隣の部屋や廊下を見回った。

「誰もいませんぜ」

「うむ。草間殿、込み入った事情を話してくれぬか？」

「お父上の望月牧之介様が、密事頭取として、武器商人に注文して購入なさった鉄砲は、新式のミニエー銃が三百挺、ゲベール銃が七百挺のはずでした。ところが、どこでどう取り違ったのかは、拙者には分かりませんが、蔵に届いた鉄砲は使い古しのゲベール銃五百挺でした。帳簿上は購入した銃は、総数千挺のはずなのに、半数の五百挺しかなかった」

「どういうことだ？」

「最終的に相手と取引なさったのは、御用所を御支配なさっていた当時の若年寄北原嘉門様でした。それで、望月牧之介様は激怒し、北原嘉門様を問い詰めたが、北原嘉門様は言を左右にし、結局、現場の交渉役だった望月牧之介様に責任を押しつけたんです」

「では、千挺の銃の支払い代金は、どうなったのだ？」

「それは……」

草間は言いにくそうに口籠もった。助蔵が口を挟んだ。

「誰かの懐に入ったってことでしょう」

「そうなのか？」

「拙者は会計役ではないので、分かりません。ですが、藩から多額の金が支出されているはずです」

「ゲベール銃は一挺、いかほどだ？」

「さあ、拙者は存じません」

草間は頭を掻いた。

助蔵が草間の代わりにいった。

「ゲベール銃はだいぶ値下がりしています。一挺およそ四両ほどでしょう」

助蔵は武器商でもある万字屋の大番頭《おおばんとう》だった。

龍之介は訝《いぶか》った。

「すると、ゲベール銃七百挺は、単純計算でざっと二千八百両。で、新式のミニエー銃の値段は？」

「ミニエー銃は強力で使いやすい、人気の銃です。まだ輸入される数が少ないので、一挺十八両は下らないと思います」

「ゲベール銃の四倍半にもなる値段か」

「するてえっと、ミニエー銃を三百挺を買うとなると、ざっと五千四百両になるな。えらい額だなあ」

鮫吉が唸った。

助蔵が笑いながらいった。

「ゲベール銃とミニエー銃、しめて、八千二百両の取引ですな。これは結構な商売ですよ」

「その八千二百両が藩から支出され、その金の大半が横領されて、誰かの懐を潤したというわけだな」

龍之介は腕組みをした。

金を横領したのは、おそらく上役の若年寄北原嘉門。きっと、北原嘉門は父を仲間に引き込もうとしたのではないのか。だが、正義漢の父は上役の誘いを断り、そんなことをしてはならぬと諫言《かんげん》したのに違いない。

しかし、北原嘉門は父に耳を貸さなかった。父牧之介は、そこで北原嘉門に諫言する遺書を書き、深川御屋敷の門前で腹を掻っ切って果てた。

おのれ、北原嘉門め。許せぬ。

龍之介は腹の奥から憤怒が込み上げてきた。

北原嘉門の公金横領を訴えた父の遺書は、どこに消えたのだ？

能吏の父のことだ。きっと遺書だけでなく、諫言を裏付ける証書や証文も一緒に掲げたのではあるまいか。

その父の切腹事件をきっかけにするかのように、突然、北原嘉門が若年寄の座から引きずり下ろされ、一乗寺昌輔が若年寄に引き上げられた。新しく筆頭家老になった一乗寺常勝の手引きによる交替とはいえ、あまりに唐突《とうとつ》な人事だった。

突然の若年寄交替の説明は一切なかったが、おそらく一乗寺常勝昌輔兄弟は、北原嘉門の弱みを握って、若年寄を辞《や》めさせたのではないのか。

その弱みとは、父牧之介の遺書や証書証文だったのではないのか、と龍之介は推理していた。

きっと一乗寺常勝昌輔兄弟は、消えた父の遺書や証書証文を手に入れて、北原嘉門を脅して、その利権を奪ったのではあるまいか。一乗寺常勝昌輔兄弟のずるいところは、北原嘉門から、すべての利権を奪うのではなく、北原嘉門にも利権の分け前を与えて、口を封じたことだ。

藩の闇は底無しに深い。

龍之介は助蔵に顔を向けた。

「助蔵さん、父牧之介は、万字屋与兵衛と取引していたんじゃあなかったのか？」

「へい。たしかに会津藩の銃器取引は、主人の与兵衛が望月牧之介様とやっていました」

「与兵衛は、こうした取引の内情を知っていたのではないか？」

「ありえますね。私は、この件について詳しい事情は分かりませんが、主人の与兵衛は裏の裏まで知っていたかも知れません」

「だから、与兵衛は口封じに殺されたのではないか？」

「いまから思うに、そうかも知れません」

龍之介はため息をつきながら、草間に訊いた。

「それで、草間殿、これ以上に込み入った事情があるというのは、どういうことか？」

「いったん、蔵に入った五百挺のゲベール銃が、御用所の者たちの手によって、どこかに運び出されたのです」

「運び出された？　どこへ」

「それは分かりません。拙者の管轄ではありませんので」

「それは、いつのことだ？」

「一年前のことです」

「若年寄が昌輔殿に交替した後のことだな」

「はい。しかし、帳簿上は在庫として五百挺は依然としてあることになっているのです」

「なんだって？」

龍之介は助蔵と顔を見合わせた。

帳簿上は蔵に保管されている五百挺の銃は、どうなったというのか？

新たな謎に、龍之介は愕然となった。

草間は小声でいった。

「そこへ、今度は新型のミニエー銃百挺が運び込まれていたのです」

「帳簿には？」

「書かれていると思います」

「そのミニエー銃百挺が強奪されたというのか」

「はい。御用所の帳簿ももろともに」

「御用所の帳簿もだと？」

「昌輔様の命令で、御用所の帳簿が金庫に入れてあったのです。これは昌輔様から保秘だとされていたことなので黙っていましたが」

「では、銃の売り買いの帳簿も強奪されたというのだな」

「はい」

助蔵が乾いた声でいった。

「じゃあ、会津藩の銃購入の記録は、銃もろともにすべて消えた。それが烏天狗党の手に渡ったということですな」

「それは昌輔殿も慌てるわけだ。銃が奪われたことよりも金庫を奪われたという報告に、昌輔殿はとりわけ慌てていたそうだからな」

龍之介は昌輔の慌てぶりを想像し、いくぶんか溜飲《りゅういん》が下がった。

草間が思い切ったようにいった。

「昌輔様が慌てたのは、金庫には、お父上の望月牧之介様の遺書もあったからです」

「なにぃ、それは真か」

龍之介は草間を睨んだ。

「いまから申し上げるのは、本当のことです。望月牧之介様が切腹なさった時、遺書らしい書状の上に突っ伏しておられました。血染めの遺書で、御遺体を屋敷内に運ぶ際に、いつの間にか、その遺書が消えたのです」

「誰かが持ち去ったのだな」

「はい。拙者、その遺書があるのをしかとこの目で見ておりました。当時、若年寄の北原嘉門様は御家来たちに、遺書を捜させていましたが見つからなかった。それで、北原嘉門様は遺書はなかったと安心されたのです」

「それで」

「昌輔様は、いつの間にか、その遺書をお持ちだったのです。おそらく、昌輔様の手の者が遺書をいち早く盗み、昌輔様に渡したのでしょう」

「やはり、そうだったか」

昌輔は手に入れた父の遺書や証書証文を押さえて、北原嘉門を追い落とし、利権を手に入れた。若年寄交替劇の裏にあったからくりは己れの読み通りだった。

「草間殿、その遺書を読んだのか?」

「滅相もない。昌輔様は、それがしに、金庫の中身は絶対に見るなと念を押して仕舞われました。金庫の鍵は自分でお持ちになって、誰にも開けられないようになっていたはず」

「金庫の鍵は、ほかに誰が持っているのだ？」

「北原嘉門様が若年寄の時には、御用所の密事頭取の望月牧之介様が鍵をお持ちでしたが、いまの密事頭取の児玉《こだま》様は、お持ちではないようです。何事も、一乗寺昌輔様が仕切っておられますので」

龍之介は草間にいった。

「草間殿、よくぞ、すべて話してくれた。かたじけない」

「それがしも、会津武士のはしくれ。これまで黙って不正を見て見ぬふりをしていたのがお恥ずかしい。お父上望月牧之介様のようにはなれぬにしても、猛省し、今後は武士として恥ずかしくないように、振る舞いたいと覚悟いたしております」

草間は腹を決めたようにいった。

龍之介は鮫吉に向いた。

「鮫吉、なんとしても、烏天狗党に強奪された金庫を取り戻す。そうすれば、北原嘉門や一乗寺昌輔たちの汚職を暴くことができる」

「分かりやした。なんとしても、烏天狗党の隠れ家を見付け出しやす。会津掬水組のあっしに任せてくだせい」

鮫吉は胸をぽんと叩いた。

「うむ。頼むぞ」

龍之介は草間に顔を向けた。

「ところで、この蔵屋敷を警備する番方たちにも話を訊こうと思うのだが、おぬしから見て、みな信頼できる者たちか?」

草間の顔が曇った。

「これまでは、みなを信頼していたのですが、今回の蔵破りで、まったく信頼がなくなりました。押し込み強盗に寝込みを襲われ、蔵を破られたというのは、蔵を守る番方として、たいへんな失態。多勢に無勢は言い訳になりますまい。もし、拙者が屋敷に詰めておりましたなら、陣頭に立って、押し込み強盗と斬り合ったことでしょう」

「草間殿は押し込まれた夜、蔵屋敷に詰めていなかったのか?」

「それがしは、屋敷に隣接する武家長屋に住んでおります。日頃からは詰めておりません。いざ、事が起こったら、すぐ屋敷に駆け付けることになっており、」

「では、押し込みがあったという知らせを受けたのは、いつ?」

「門番たちが知らせてくれたのは、夜明けのころでした。だから、それがしが駆け付けたのは、強盗どもが金庫や鉄砲を運び出した後のことでした」

「どうして、知らせが遅れたのか？」

「門番たちも縛り上げられていて、それを解くのに時間がかかったといっていました」

「番方たちは？」

「番方たちも押し込み強盗たちに、みな縛り上げられていたそうですから」

龍之介は鮫吉と顔を見合わせた。

押し込み強盗たちの手際があまりに良すぎる。

「番方たちは、いま屋敷に詰めているのでしょうね」

「新たな番方が三人増えましたので、彼らが詰めています」

「いや、押し込まれた当夜の番方たちに会いたいのだが」

「負傷した原常之介と坂野圭介は、養生のため、屋敷に詰めていません」

「その二人はどこにいるのだ？」

「二人とも、蔵屋敷に隣接する、もう一棟の武家長屋に休んでおります」

「では、いま詰め所にいるのは？」

「新しく小頭になった川谷仇蔵、それから中平小兵がいるはずです」

「分かりました」

龍之介は脇差しを手に立ち上がった。

「それがしが案内します。新顔の番方がいるでしょうから」

草間は急いで立ち上がった。

「いや、大丈夫。桑田仁兵衛殿の御遺体が安置されていた詰め所でござろう？」

「さようでござる」

「どうも、世話になったな」

龍之介は草間にお辞儀をし、廊下に出て、玄関先に向かった。鮫吉と助蔵が後に続いた。

四

龍之介たちが詰め所を訪ねると、新顔の三人の侍たちが板の間に座って談笑していた。

三人は龍之介を見ると、一斉におしゃべりをやめた。部屋の中に川谷仇蔵の姿はなかった。

「小頭の川谷仇蔵殿はおられるか？」

「いま、出かけているが」

三人の新顔の番方は、龍之介たちを胡散臭《うさんくさ》そうにじろじろと見回した。

「では、中平小兵殿は？」

「おぬしらは、何者か？」

「御家老の下命により、詮議に参った者だ」

「お名前は？」

「おぬしら、会津の者か。人に名を訊くなら、まず名乗れ。それが礼儀というものだろう」

三人は顔を見合わせ、さっと正座した。

三人はそれぞれが名乗った。龍之介はうなずいた。

「それがしは、望月龍之介」

「失礼いたしました」

三人は龍之介の名前を知っていたらしく、急に言葉遣いが丁寧になった。

「おい、中平、お客様だぞ」

三人のうちの一人が奥の部屋の襖に向かって叫んだ。

やがて、奥の部屋の襖がゆっくりと開き、中平小兵が顔を出した。斬られた左腕を三角巾で吊るしていた。寝起きの顔だった。まだ眠そうな表情をしている。

「これはこれは、望月龍之介様、失礼いたしました。ちと休んでおりました」

「おぬしに、訊きたいことがある」

中平小兵は新顔の男たちに目をやった。

ここでは話がしにくい、という顔をした。

「外に出よう」

龍之介は詰め所の外に出た。中平は気乗りしない顔で出て来た。詰め所の外で待っていた鮫吉と助蔵が、中平小兵を挟んだ。中平は怖々《こわごわ》した顔になった。

龍之介は中平を連れて、破られた蔵の扉の前に立った。

「中平さん、本当のことを聞かせてくれないか?」

「本当のことって……」

中平はぎょっとした面持ちで龍之介を見た。

「とぼけんじゃねえやい。押し込みは、狂言だったんだろうが」

鮫吉がどすの利いた声でいった。

「何を申すか。何か証拠があるのか」

龍之介は振り向きざま、中平小兵の首に吊るした三角巾を奪い取った。

「あ、何をする？」

龍之介は、中平の左手首を掴み、左腕の袖を強引にめくった。血に汚れた包帯が巻かれた腕が露出した。

「痛てて」

中平は大げさに悲鳴を上げた。

「本当に刀で斬られているなら、刀傷を見せろ」

龍之介は構わず包帯を無造作に剝ぎ取った。

血塗《ちまみ》れの包帯を剝がした腕には、刀の切り傷はなかった。

中平は慌てて腕を隠そうとした。

「これは、どういうわけなんだ？」

「ちといえぬわけがある」

中平は逃げようとした。助蔵、鮫吉が行く手を阻んだ。

中平は脇差しに手をかけた。

龍之介がさっと中平の脇差しの柄《つか》を手で押さえた。中平は脇差しが抜けず、後退《あとずさ》りした。

「わけをいえ。いわねば、大番頭の久米馬之介殿に突き出す」

「分かった。いうから、見逃してくれ」

中平は、その場にへなへなと座り込んだ。

鮫吉が勝ち誇った声でいった。

「わけを聞こうじゃねえかい」

「あれは手違いだったんだ」

「何が手違いだったのだ？」

龍之介が訊いた。

「桑田仁兵衛が殺されたことだ。桑田が殺されることは計画になかったんだ」

「最初から、何があったのか、話をしろ」

龍之介は中平の前に屈《かが》み込んだ。

中平は誰か見ていないかと不安そうにあたりを見回した。龍之介は鮫吉と助蔵に目配せした。

鮫吉と助蔵は、中平の左右に立ち、あたりを見張った。中平が話しはじめた。

「最初に計画を言い出したのは、桑田仁兵衛だった。桑田が簡単な儲け話があるが、やらないか、とみんなに持ち掛けたんだ」

「どういう計画だ？」

「押し込みの手引きをする。夜中に押し込まれた時、寝たふりをして騒がない。そうすれば、後は押し込んだ連中が鉄砲を持ち出すって段取りだった」

「鉄砲だけか。金庫もだったのだろう？」

「それが違うんだ。金庫の話はなかった。鉄砲の木箱を持ち出す。それだけの話だった」

「どうして金庫を盗む話が出たのだ？」

「言い出したのは、川谷仇蔵だった。金庫にはかなりの値打ちのものがある。大判小判があるって」

「川谷仇蔵は押し込みのあった夜、いなかったというではないか」

「川谷仇蔵は、そのことで桑田と言い争った。川谷仇蔵は、それならばおれは下りると言い出した。みんなで引き止めたが、川谷仇蔵は、勝手にやれといって、当日、法事を口実に休んだ」

「川谷仇蔵は、当日押し込みがあることは、事前に知っていたのだな」

「知っていた。そもそも押し込みの計画があると聞き付けたのは、桑田と川谷の二人だった。だから、二人が話し合って仕組んだ押し込みだった」

「二人は、どこで押し込みの話を聞き込んだのだ？」

「深川の料亭に、二人は呼び出されて出かけた夜があった。誰か偉いさんに呼ばれたんだ」

「偉いさんというのは誰だ？　藩の要路か？」

「桑田も川谷も、偉いさんというだけで、誰とはいわなかった」

「鉄砲は、どこへ運ぶといっていたのだ？」

「桑田は知っていたらしいが、おれたちにはいわなかった」

「川谷も知っているのだな」

「川谷は途中で下りたから、知らないかも知れない。ともかく川谷と桑田は仲違いしていた。川谷は桑田から、もし押し込みのことを藩に洩らしたら、殺すと脅されていた」

龍之介は質問の矛先を変えた。

「押し込み強盗は、烏天狗党を名乗っていたな。彼らは何者だ？」

「桑田の話では旗本の遊び人たちのようなことをいっていた」

「旗本の遊び人だと？」

「吉原や深川の岡場所で遊んでいる連中だ。やつら金に困ると何でもやるといっていた」

「烏天狗党の首領は誰だ？」

「それがしは知らない。桑田は知っていたかも知れないが」

「烏天狗党の隠れ家は、どこだ？」

「知らない。烏天狗党のことは、本当に何も知らないんだ。川谷仇蔵なら知っているかも知れないが」

詰め所の方から、中平を呼ぶ声が聞こえた。

「もう勘弁してくれ。あれは川谷仇蔵の声だ。やつに聞け。それがしよりも、やつの方が知っている」

「よし。川谷に直接尋ねよう」

「いまの話、それがしから聞いたといわないでくれ。やつに殺される」

龍之介は手にした血に汚れた包帯を中平に放った。

龍之介は鮫吉と助蔵に行こうと促した。

川谷仇蔵が詰め所から現われ、こちらの様子を窺った。すると、突然、踵を返し、駆け出した。

「あの野郎、逃げ出しやがった」

鮫吉が咄嗟に追いかけ出した。龍之介も助蔵と一緒に、川谷の後を追った。

川谷は裏木戸に回り込もうとしている様子だった。

「鮫吉、川谷の後を尾けろ。どこに逃げるか、泳がせるんだ」

龍之介は走りながら、鮫吉にいった。

「合点。任せろ」

鮫吉は、川谷の後を追って蔵の陰に消えた。

龍之介は走るのをやめた。後は鮫吉に任せる。鮫吉なら、うまく川谷を逃して、どこに逃げ込むかを突き止めるだろう。

「逃げ足の速い野郎ですね」

助蔵も足を止めた。

「中平の話が本当なら、川谷はきっと烏天狗党と繋がりがある」

「うまく、川谷が鮫吉を烏天狗党たちの隠れ家に案内してくれればいいが」

助蔵は息を切らしながらいった。

「龍さん、これから、どうしますか？」

「中平の証言だけでは危ない。原常之介と坂野圭介にあたろう」

「そうですね」

龍之介は助蔵と連れ立ち、蔵屋敷の表門に向かった。

原常之介たちの住む武家長屋は、隣接しているといっていた。門番たちに聞けば、すぐに分かる。

五

蔵の番方の住まいは、すぐに分かった。蔵屋敷の玄関を出て右手の路地に入ると、塀沿いに武家長屋が並んでいた。それぞれの長屋に、簡素な武家門と庭が付いている。

門番に教えられた通り、二軒目の長屋の玄関先で、龍之介は訪いを告げた。

「原常之介殿、ご在宅か」

原常之介は、老いた母親と二人暮らしと聞いた。

返事がない。

玄関の格子戸は少し開いていた。

龍之介は格子戸を開けて、上がり框を覗いた。

血の臭い！

いかん。

龍之介は上がり框に上がり、障子戸を開けた。老婆が朱に染まって仰向けに倒れていた。

「原常之介！」

龍之介は叫び、二間しかない奥の部屋に飛び込んだ。布団の上で、原常之介が血だるまになっていた。

「助蔵、坂野圭介の長屋に行け」

「合点だ！」

助蔵は二軒隣の坂野圭介の長屋に駆けて行った。

龍之介は、血だるまの原常之介を抱え起こした。まだ息があった。喉元を斬られていた。血が溢れ出ている。

「原、誰にやられたんだ」

「…………」

原は口から血の泡を吹いた。何かをいおうとしていた。

「か、からす……」

「烏天狗党か？」

原はうなずいた。

「押し込みの手引きをしたのは、川谷仇蔵か？」

「……やつが……裏切った……」

近くから女の悲鳴が上がった。助蔵の怒声も聞こえた。

「龍さん、来てくれえ」

龍之介は、原を布団の上に寝かせ、部屋を飛び出した。

二軒先の長屋で、心張り棒を振り回す助蔵の姿があった。向かい合っているのは、黒装束に黒覆面姿の侍が二人、助蔵に刀を向けていた。

「待て。それがしがお相手いたす」

龍之介は腰の脇差しをすらりと抜いた。また右腕が震え出した。

どうして、こんな大事な時に震え出すのだ。

「おぬしら、何者、名を名乗れ」

震えを抑えるための時間稼ぎだった。

黒装束姿の二人は、龍之介の登場にぎょっとした様子だった。

「人斬り龍之介！」

一人の口から呻き声が聞こえた。

「おのれら、それがしのことを知っているのか」

二人の黒装束は、一瞬、顔を見合わせた。

「ピリリッ」とどこからか、呼び子が聞こえた。

それを合図に、二人はくるりと向きを変えて走り去った。

「おのれ、逃げるか」

龍之介は逃げる二人の黒装束に怒鳴った。

振り返ると、助蔵は腕を斬られ、血を流していた。

「助蔵さん、大丈夫か」

龍之介は脇差しを鞘に納めて助蔵にきいた。刀の下緒を外して、助蔵の上腕部にぐるぐると巻きつけて止血した。

「私のことより、坂野圭介を見てやってくだされ」

助蔵は長屋を顎で指した。

半開きになった格子戸の間から、上がり框で坂野圭介を抱く女の姿が見えた。

龍之介は、女に抱かれた坂野圭介に歩み寄った。

坂野は右胸から出血していた。胸に刺突の傷痕があった。

だが、突きは甘く、切っ先は肋骨の間で止まっていた。致命傷にはなっていない。

だが、止血しなければいけない。

「御免。手拭いを」

龍之介はいきなり女が姐さん被りをしていた手拭いを剝いだ。

「あっ」

「これで止血いたす」

龍之介は、手拭いを丸め、胸元の傷口に圧しあてた。血が手拭いを染めていく。

「御新造、まずは手拭いで傷口を強く圧して、血を止める。大丈夫だ。押さえている
うちに必ず血は止まる」

龍之介の右腕の震えは止まっていた。

「あなた、しっかりして。私をひとり置いて行かないで。お願い置いて行かないで」

女は泣きじゃくりながら、血が染みてくる手拭いを傷口に圧しあてていた。

「坂野、中平小兵から、すべてを聞いた」

「……そうか」

坂野圭介は観念したように目を瞑った。

「まだ分からぬことがある。なぜ、桑田は殺されたのだ？」

「桑田は、やつらに金庫は盗むな、といったからだ。もし、金庫を盗めば、すべてを

ばらすといった」

「なぜ、桑田は金庫を守ろうとしたのだ？」

女が必死の形相で龍之介に食ってかかった。

「あなたは、うちの人が死ぬかも知れない時に、何を訊いているんですか」

「奥、いいんだ。それがしは、これしきの傷で死なぬ」

坂野圭介は笑いながら、龍之介の顔を見た。

「中平が何をいったか知らぬが、手引きをしたのは、川谷仇蔵だ。桑田は昌輔様の子飼いだ。鉄砲を盗むのはいいが、金庫まで盗めば昌輔様を裏切ることになる。それで、桑田は恐ろしくなって、すべてやめようと言い出した。それと知った川谷は、中平と原、それにそれがしも引き込み、桑田には内緒で、押し込みを強行させた。どさくさに紛れて、桑田を始末したのは、川谷仇蔵の仕業《しわざ》だ」

「あなた、なんということをおっしゃるのですか」

御新造は、意外な話に仰天して、思わず手拭いを傷口に圧しあてる手を緩めた。血がまた滲み出てきた。

「もう少し押さえていれば止まる」

龍之介は部屋に干してあった手拭いを取り、御新造に渡した。

「ありがとう」

御新造は血塗れの手拭いを置き、新たな手拭いを傷口に圧しあてた。

「烏天狗党とは何者だ？」

「それがしは知らぬ。川谷が知っている」

「中平は、旗本の遊び人の集まりだと申しておったが」

「そういえば川谷が、押し込んで来るのは、講武所崩れだといっていた」

「講武所崩れだと？」

「講武所に集った旗本の極道者のことだ」

龍之介は、先程の黒装束たちが、交わした言葉を思い出した。「人斬り龍之介」と、一人はいった。講武所の学生隊で龍之介に付けられた渾名《あだな》だ。

「川谷は、さっき逃げた。どこへ逃げたか、分かるか？」

「分かる。おそらく深川の女のところだろう」

「その女の名は？」

「名前は知らぬ。最近、通うようになった女子だ。小料理屋の仲居をしている」

「何という小料理屋だ？」

「……『美世《みよ》』とかいう店だった」

龍之介は『美世』と聞いて、もしやと驚いた。田島孝介の御新造美世の店も『美世』だった。

「そこにいる仲居だと聞いた」

「分かった。調べてみよう」

隣の長屋から、女たちがどやどやっと入って来た。女たちと一緒に蘭医があたふたとやって来た。

「こちらです。こちら」

蘭医の年寄りは、御新造に抱かれた坂野圭介ににじり寄った。

「どれどれ、傷を見せなさい」

蘭医は圧しあてていた手拭いを除き、傷の具合を調べた。

「うむ。これなら大丈夫だ。処置がよかったから、血も止まっている。あとは、傷口を縫えばいい。誰か焼酎を持って来てくれ」

「はい、ただいま」

近所の女たちが返事をし、長屋に駆け戻った。

「よかった。あなた」

御新造はうれしそうに笑った。目尻に涙が溜まっていた。近所の女が、焼酎を入れた器を持って来た。蘭医はさっそく傷口を焼酎で洗いはじめた。ついでに口に運び、喉を鳴らして飲む。

「御新造、しっかり軀を押さえてくれ。これから、傷口を縫う。いいな」

「はい」

御新造は坂野圭介の頭をしっかり抱いた。

龍之介は坂野圭介にいった。

「坂野、おぬし、今回のこと、本当に改心するなら、それがしにすべて話をしてくれ。罪を償って出直してくれ。それがし、弁護いたそう。家老西郷頼母様も、きっと助けてくれる」

「…………」坂野圭介は、目を閉じた。

「よく考えるのだな。御新造のためにも」

「分かった。この押し込みのこと、証言しよう。罪滅ぼしだ。いつでも、証言台に立つ」

坂野圭介は目を開け、きっぱりといった。

「あなた」

御新造が坂野圭介の頭を抱き締めた。

龍之介は傍らに立った助蔵に、行こうと顎をしゃくった。

六

龍之介は助蔵と連れ立って、深川御屋敷の門前に戻った。

蔵屋敷の前には、大勢の番方の捕り手たちが屯して妙に騒がしかった。

龍之介が門番の佃小頭を見付けて尋ねた。

「何の騒ぎなのだ？」

「番方大番頭の久米馬之介様が、大勢の部下を連れて捜査に来たのです」

「いまごろ、来たのか？」

龍之介は、久米馬之介が乗り出して来るのが遅いと思った。

佃小頭が小声でいった。

「蔵が破られた直後に一度、久米様は御出でになられたのですが、おざなりな取り調べでした。だが、今度は違う。蔵の金庫が盗まれたということで、守の草間様をはじめ、事務方、蔵の番方の人たち全員があらためて、厳しく事情聴取されています」

金庫を盗まれたと分かり、若年寄の一乗寺昌輔は、きっと久米の尻を叩いて、なんとしても金庫を取り戻せと厳命したのに違いない。

　龍之介は玄関に足を踏み入れた。

　廊下にどしどしと足音が響き、十人ほどの部下を従えた久米馬之介が玄関先に現われた。

　龍之介は、久米先輩に敬意を表すべく、立ったまま、お辞儀をした。

「そこにおるのは、望月龍之介か」

「はい。久米様」

　龍之介は顔を上げた。堂々たる体格の偉丈夫である久米馬之介は、はったと龍之介を睨み付けた。

「望月、おぬし、こんなところで何をしておるのだ？」

「深川御屋敷が蔵破りに押し込まれたと聞いて、それがしも駆け付けた次第です」

「御家老西郷頼母様のいいつけか」

　久米馬之介はにやりと笑った。

　龍之介は逆らわなかった。

「はい。頼母様のご下命です」

「余計なことを。おぬし、まだ講武所に通う学生の身であろう。おとなしく講武所で武芸や勉学に励んでおればいい。こそこそ、うろつき回って調べるのはよせ。押し込み強盗の捜査は、わしら番方の仕事だ。現場をうろつくのは目障りだ。邪魔だ、おとなしく三田藩邸に引っ込んでおれ」

久米馬之介は豪快に笑った。

「はい。ですが、それがしも、御家老様からご下命がありましたので、久米様たちの捜査を妨害しないように、適宜《てきぎ》、それなりに独自の捜査をしたいと思います」

龍之介は頑として引かなかった。久米馬之介のことは日新館道場の先輩として尊敬はするものの、一乗寺昌輔の息がかかっていると分かり、尊敬の半分は薄れていた。

「おぬしも、頑固だな。いいだろう。それがしたちは、蔵破りの一味の、おおよその見当がついている。後は、乗り込んで一網打尽にするだけだ。おぬしが、少しでも邪魔をしたら、容赦しないから、覚悟しておけ」

「はい」

龍之介は素直にうなずいた。

蔵破りの一味のおおよその見当がついているだと？　昌輔とぐるになった一味の仕業だということなら、当然のこと、久米馬之介は昌輔から聞いて、ぐるの一味の捜査に乗り出すに決まっている。

それに対して、鮫吉や銀兵衛は、烏天狗党一味の足取りを地道に追っている。どちらが先に相手に乗り込むことが出来るか、見ものだと龍之介は思うのだった。

「せいぜい、気張るんだな」

久米馬之介は鷹揚な態度で、そう言い置き、玄関から出て行った。大勢の供侍たちが、どやどやっと久米の後に続いた。


龍之介と助蔵が、会津掬水組の詰め所に戻ったのは、夕方近くだった。

深川の花街は、夕暮れになるにつれ、賑やかさを増す。三味線の音に小唄、太鼓囃子《ばやし》まで聞こえてくる。

龍之介と助蔵が待っていると、聞き込みを終えた若い者たちが、つぎつぎに詰め所に戻って来る。みな、一様に疲れた面持ちで表情が暗かった。

「親分、お帰りなさい」「親分、お疲れさまでございます」「お帰りなさい」

子分たちの声が玄関先から聞こえた。

やがて、廊下に足音が聞こえ、疲れた顔の鮫吉が座敷に入って来た。一緒に銀兵衛の顔も現われた。

龍之介は鮫吉に努めて明るい声で聞いた。

「どうだった？　川谷仇蔵のヤサは突き止めたか」

「だめだった。途中までは、楽々後を尾けることができたんですがね。やつは新大橋を渡ったところで、猪牙舟に乗りやがった。あっしも急いで舟を探したんですが、生憎《あいにく》、空いている猪牙舟がねえ。目の前で、みすみす逃げられてしまった」

「そうですか。仕方がないですね」

鮫吉の脇に、苦虫《にがむし》を嚙んだような顔の銀兵衛が胡坐をかいた。

「あっしの方も、まだ聞き込みの結果が入ってこねえんで。神田川の畔《ほとり》のどっかに、やつらの隠れ家があるはずなんでやすがねえ」

銀兵衛は腕組みをした。

龍之介は、鮫吉と銀兵衛に、原常之介が殺されたことと、坂野圭介から聞き込んだ話をした。

「そうですかい。烏天狗党一味は、講武所崩れの旗本子弟の遊び人たちだっていうんですかい。遊ぶ金欲しさに、蔵破りをしたっていうんですかい」

銀兵衛は鬼瓦の顔をさらに歪めて、憤激した。

玄関先が騒がしくなった。

廊下に大勢の走る音が響いた。

先頭を切って現われたのは、丁吉だった。満面に笑みを浮かべている。

「丁吉、どうした？　その顔は何か分かった顔だな」

「親分、そうなんで。ついに、二艘の高瀬舟の行方を突き止めやした」

「いってえ、どこに行ったってえんだ？」

「毛利《もうり》藩の蔵屋敷でやした」

「長州だったか」鮫吉は唸った。

毛利藩は長州藩の別名である。

「へい。それも隠れ蔵屋敷でやした。ちょっと見には、蔵屋敷とは見えない古い屋敷で、屋敷の前の掘割を使えば、すぐに海に出られる。長州藩下屋敷も近くにある、長州人たちには便のいい蔵屋敷です」

「よく分かったな」

「高瀬舟っていえば、猪牙舟と違って持ち主の数はそう多くはねえ。丹念に子分たちに高瀬舟の持ち主たちをあたっていったら、一昨夜、高瀬舟を出したってえ船屋が見つかった。『旭屋《あきひや》』ってえ物産屋が荷物運びに少し大きめの高瀬舟三艘を雇った。かなり高い金で雇い、金で口封じもされていたが、子分たちが、なんとか船頭を飲み屋に誘い出し、女をあてがい、酔わせて話を聞き出したんで」

「雇い主は『旭屋』という商家だというのか？」

「へい。日本橋《にほんばし》に本店がある油や米、石材なんかを扱っている商店でやした。その主人は水戸藩士だったとのことでした」

「なに、元水戸藩士だと？」

龍之介は鮫吉と顔を見合わせた。

水戸藩は徳川親藩ではあるが、尊皇攘夷派の拠り所となっている。水戸尊攘派は、長州の尊攘派と気脈を通じ合っているとも聞いていた。

「それで、いま子分たちに、その隠れ蔵屋敷を張り込ませています。きっと鉄砲の木箱を運んだ烏天狗党の一味が現われるだろうと踏んで、蔵屋敷に出入りする連中を一人ずつ調べています」

「木箱のミニエー銃百挺は、最後は、いったい、どこに運ばれようとしているのか、なんとしても突き止めろ」

「了解です」

銀兵衛が口を開いた。

「親分、聞き込みが終わって、手が空いた子分たちを『旭屋』に回して、張り込ませましょう。きっと『旭屋』に鴉が一羽か二羽は顔を出すでしょう。その鴉を尾行すれば、隠れ家や本拠が分かりやす」

「そうだな。丁吉、銀兵衛と相談して、『旭屋』も張り込め。『旭屋』の線からも、烏天狗党を追おう」

「了解です」

丁吉は満面に笑みを浮かべた。

烏天狗党を追う自信がある証拠だ。

助蔵がおずおずと口を開いた。

「親分、私も、ちょっと万字屋に顔を出してみます。会津藩が購入したミニエー銃について、うちの万字屋が嚙んでいるなら、どうなっているのか、調べがつきましょう」

「危ないんじゃねえか」

「私を狙っていた高木剣五郎はいなくなりました。まだ油断はできないが、大丈夫じゃないか、と思います」

「助蔵さん、それがしがおぬしについて店に行こう。ちょっと調べたいことがある」

「龍さんが一緒に行っていただければ、百人力です。ありがたい」

「いつ、万字屋に行く?」

「明日正午では?」

「分かった。明日正午なら、十分に時間はある。今夜は、いったん三田藩邸に戻る。少し休みたい」

考えてみれば、一昨日から、ゆっくりと寝床で休んでいない。風呂にも入り、また明日出直そう。龍之介はそう思った。

三田藩邸に着いた時には、屋敷町は、ほぼ真っ暗だった。だが、藩邸の門前に篝《かがり》火《び》が何本も立てられ、周囲を明るく照らしていた。

藩邸の門扉は開かれ、鉄砲を持った藩兵が門の中に控えていた。まるで、戦が始まるかのような騒ぎではないか。

龍之介は怪訝な思いに囚われながら、門を潜った。緊張した面持ちの門番が、龍之介を見咎めようとしたが、龍之介と分かって、何もいわずに戻った。

「いったい、この騒ぎは何事か?」

「望月様、ご存じなかったのですか?」

門番は驚いた顔をした。

「大番頭の久米馬之介様が、本日夕刻、刺客の集団に襲われ、殺されたのです」

「なんだって。いったい誰に？」

「分かりません。上役にお聞きください」

門番は、おたおたし、顔を曇らせた。

龍之介は、足を速め、庭を横切り、宿舎へと向かった。

藩邸内も、人が急ぎ足で行き来しており、いつになく騒がしかった。

宿舎の部屋に戻ると、龍之介は隣室の笠間慎一郎に声をかけた。

「おう、龍之介、戻ったか」

笠間慎一郎は、下緒で襷《たすき》掛けした格好で龍之介の前に現われた。

「門番に聞きました。大番頭の久米馬之介様が殺されたと。刺客と聞きましたが」

「それがしも、詳しくは知らぬ。なんでも、久米殿は、弓手組、小姓組の藩兵を従えて、旗本屋敷に乗り込んだそうだ。屯していた旗本たちと言い合いになり、そのうち、久米は、旗本たちと喧嘩になった」

「その結果、久米殿は旗本たちと斬り合いになったというのですか」

「そうらしい。久米殿は敵の一人と斬り合いになり、相手に一撃で刺突された。家来たちが、あっという間もなかったそうだ」

「刺突されたと？」

「詰め寄ろうとした我が藩兵たちに、旗本たちは鉄砲を持ち出して構えた。我が方の弓手組や小姓組に、鉄砲はない。久米殿は鉄砲組を連れて行かなかった。家来たちは、ともあれ殺られた久米殿を抱え、ひとまず撤退した。そして、上屋敷に久米殿を運び込んだというのだ」

龍之介は、久米馬之介の言動を思い出した。

久米は、深川御屋敷に押し入った連中を知っている口ぶりだった。そして、家来たちを率いて、どこかに乗り込もうとしていた。その先が、どこかの旗本屋敷だったのか。

久米は堂々と家来を率いて乗り込み、蔵屋敷に押し入ったと思われる一味を一網打尽にしようとしたのだろう。

だが、相手は、久米の思惑を超えて、武装しており、久米のいうことを聞かなかったのに違いない。おそらく、自分たちが深川御屋敷に押し込んだという証拠を出せとでもいったのだろう。

久米は激怒し、旗本たちを武力で威圧し、捕まえようとした。その結果、久米は殺された。旗本たちにとっては正当防衛だろう。

「ともあれ、会津藩として、旗本たちに威嚇され、大番頭の久米馬之介殿を殺されたままでは引っ込みがつかない。それで、会津藩上屋敷、中屋敷、下屋敷全体の藩士に非常呼集がかかった。戦の準備をしろ、というのだ。馬鹿馬鹿しいが、御上の命令には従わねばならない。という次第だ」

会津幕府戦争？

龍之介は呆れた。

藩上層部は、久米を殺されて、面子を失い、それで戦《いくさ》をやるつもりなのか？

西郷頼母様がいたら、こんな馬鹿な戦はやらせないだろう。

「いま、江戸家老や若年寄など、在府の幹部たちが急遽集まり、幹部会議を重ねているそうだ」

「戦にはならないな。戦をやる意味がない」

「それがしも、そう思う。ただ、どこを落としどころにするか、鳩首《きゅうしゅ》会議しているのではないか」

龍之介は大欠伸《おおあくび》した。

「おれは眠い。風呂に入ってから寝る。馬鹿馬鹿しい。勝手にしやがれだ」

「そうだな。戦にならんな」

笠間慎一郎も笑い、襷掛けした下緒を解いた。

龍之介は浴衣《ゆかた》に着替え、手拭いと糠袋を手に、宿舎の端にある共同の風呂場へと向かった。

風が庭にある木々の葉を揺らしていた。龍之介は、風呂場の着替え所で、浴衣を脱いだ。

下帯も外して全裸になり、大浴場の風呂に身を沈めた。

ふと、小料理屋『美世』の女将のお美世を思い出した。川谷仇蔵のいい女というのは、かつて田島孝介の御新造だったお美世のことなのだろうか、と思った。不思議な運命の出会いを感じた。

第四章　闇を斬る

一

　会津藩と旗本八万騎の戦にもなりかねない、馬鹿馬鹿しい対立は、三日も経たぬうちに、両者の間で手打ちがなされ、うやむやのうちに終わった。

　四日経ったら、篝火や陣幕などは撤去され、三田藩邸はすべてが以前のままに戻っていた。

　ただ、一方の会津藩には大番頭久米馬之介を殺されたという遺恨が、対する旗本側には、蔵破りの汚名を着せられたという恥辱が残った。

　龍之介たちは、その「三日戦争」の間、藩邸から一歩たりとも出るのを禁じられ、足止めされた。禁を破った者は、誰であれ、鉄砲で射殺するという御触れが出され、実際に表門や裏門に鉄砲隊が配置された。

龍之介も笠間慎一郎も、あまりの馬鹿馬鹿しさに、終日、囲碁や将棋で時間を潰したり、読書に耽ったり、ふて寝して過ごした。もっとも躯が鈍《なま》ってしまうので、朝夕の鍛錬だけは怠らなかったが。

朝夕の食事時には、藩士たちは食堂に集まり、ここぞと噂話に興じた。どこから、情報が洩れ伝わってくるのかは分からないが、会津藩の代表と旗本八万騎側の代表が、密かに会い、非公式な協議がなされて、落としどころが決められたということだった。

会津藩からは、若年寄一乗寺昌輔が代表として出て、旗本八万騎からは、大身旗本の子弟である神山黒兵衛が臨んだそうだった。

神山黒兵衛とは講武所道場で二度稽古仕合いをしている。北辰一刀流皆伝。身のこなしから、かなり出来ると思った。神山は旗本御家人たちからの人望もあった。旗本八万騎を代表するに、相応《ふさわ》しい大身旗本だと龍之介も一目《いちもく》置いていた。

落としどころの最大の難問は、久米馬之介を刺殺した旗本の処遇だった。その旗本の名前は公表されておらず、旗本側は後ろめたいのか、あくまで保秘を絶対条件にした。

対する会津側は、その旗本の身柄の引渡し、あるいは厳罰を求めた。

旗本側は、久米からの、大勢の面前での武士の体面を汚す無礼な嘲《あざけ》りと振る舞いに対して、旗本として武士の恥辱を晴らすために取った行動であり、非難されるべきは久米にあると主張した。

三日にわたり、双方の主張は平行線をたどったが、井伊大老が乗り出すという事態にまでなって、急転直下、和解が成立し、手打ちになったという。

噂によれば、井伊大老は、この内憂外患の時節に、何たる揉め事を起こしたのか、と激怒し、喧嘩両成敗にするとしたというのだ。会津藩の改易転封、大身旗本側にも、刺殺した旗本は、切腹ではなく、罪人として斬首され、お家は断絶。事件に少しでも関係した旗本は、お目見得以下に降格、減禄する、という厳しい処分をちらつかせた。

この噂の真偽は分からない。

だが、慌てたのは、それまで平行線のまま、主張を譲り合わなかった双方の代表だった。そこで双方とも、井伊大老の介入は望まないことで一致した。ついで互いの主張は、とりあえず、そのままにし、まず手打ちして表面だけでも事を収める。そして、双方に出た死傷者については、互いに慰謝料や補償金を支払い、遺恨を残さず和解する、という内容の妥協策であった。

なお、互いに支払った慰謝料や補償金などの金額や、誰が刺殺したか、誰が誰を斬ったかなどの追及は一切せず、すべて闇に葬る。つまりは、初めから事件など無かったことにする、という結末だった。

龍之介は、四日ぶりに三田藩邸から解放され、猪牙舟で深川に出かけた。花街の通りを抜けて、路地に入り、会津掬水組の詰め所を訪ねる。

「あ、龍さん、お帰りなさい」

玄関先で水を打っていた若い者が、大声で龍之介が来たことを奥の方に伝えた。いつの間にか、会津掬水組の若い者たちは、龍之介を親しげに龍さんと呼ぶようになっていた。

龍之介が座敷に上がると、鮫吉が笑いながら、奥から姿を現わした。

「てえへんでしたね。旗本八万騎と出入り寸前にまでなったそうですってね？」

「よく知っているな。しかし、表沙汰にしないことになっていたはずだが」

「龍さん、冗談はよしましょうや。あっしら会津掬水組はれっきとした会津藩の一員だ。会津の身内ですぜ。会津藩が旗本連中と出入りになるとなったら、あっしらも戦に馳せ参じなければなんねえ」

「そうか。御免御免。鮫吉親分たちを無視したつもりはない。ただ、戦騒ぎが阿呆らしくなって、それがしは、三日というもの、ふて寝していた。旗本連中との戦なんて起こらないよ。いま、そんなことをやっているご時勢ではない。幕府は、尊攘か開国かで大揺れに揺れている。井伊大老は強権を発動して、反対派や尊攘派を引っ括っては、江戸伝馬町牢屋敷に放り込み、斬首している。そんな時に、会津藩も旗本たちも、いくら対立しても、戦までやるつもりはない。双方、手打ちして終わったよ」

「そうでやしたか。ちょっと残念だなあ。このところ深川の色町では、会津と旗本の派手な喧嘩が見られるって話で持ちきりでやしてね。いってえ喧嘩はどこでやるんだって、大騒ぎでやしたよ」

鮫吉はいかにも残念という顔で、胡坐をかいた。

「あっしらも、出入りが始まったら、会津掬水組って染め抜いた、揃いの印半纏《しるしばんてん》を着込み、鳶口や脇差しで、旗本の野郎たちと、いざ一戦をと覚悟してたんですがねえ。そうですかい、戦になんねえで終わりですかい」

龍之介は笑いながら、鮫吉に訊いた。

「それはそうと、この三日間で、鴉の塒《ねぐら》は分かったのかい」

鴉は鳥天狗党の隠語になっていた。

「それがねえ、龍さん、会津と旗本の出入りがあるかも知んねえ、となって、あっしら、いつでも加勢に出かけられるように、と聞き込みを手控えてしまったんです。だから、この三日間、ほとんど聞き込みをしてねえんで」

龍之介は頭を振った。

「それじゃあ、仕方がないな。旗本との喧嘩で、まさか鮫吉親分たちまでが、とばっちりを食ったとは知らなかった」

「戦がねえ、となったら、聞き込み再開です。銀兵衛たちに、さっそく知らせます」

「頼みます」

龍之介は座敷の奥の寝所を窺った。

「助蔵さんは？」

「あ、そうだ。思い出した。助蔵さんは、三日前、店に戻りました」

「おう、戻ったか」

「お内儀さんに、長い間、留守にしたことを詫び、許してもらったそうです。また、大番頭として働き出すそうです」

「それはよかった。助蔵さん、ここにいる時は手持ち無沙汰で、つまらなそうだったからな。やはり、商人は商人だものな。いつまでも、会津掬水組の客人ではいられないものな」

「そうでやすな。うちも、いつまでも客人扱いしているわけにはいかないし、助蔵さんには、うちの組の勘定を見てくんないか、とお願いしたことがあったんでさあ」

「そうしたら、どうした？」

「助蔵さん、あんまり収支がでたらめなんで、頭抱えてました。帳簿は揃っていない、あっても、いつのものか分からないような古い帳簿で役に立たない。数字も間違っている。さんざん、文句をいわれましたよ」

「そうか。助蔵さんは、真面目だからな。でたらめな帳簿に戸惑ったんだろう」

鮫吉は笑いながらいった。

「助蔵さんがいってました。龍さんにも、ぜひ店に覗きに来てください、と。折を見て、スネル兄弟を紹介するといってました」

「そうか。じゃあ、さっそく様子を見に行ってみるか」

龍之介は脇差しを手に立ち上がった。

「そうしてください。夕方、こちらに戻って来れば、銀兵衛や丁吉からの報告が聞けるでしょうから」

鮫吉は、そういいながらキセルを出し、火皿に莨《たばこ》を詰めはじめた。

二

龍之介は向島《むこうじま》の船着場で舟から岸に上がった。

万字屋は暖簾《のれん》も垂れ幕も、いかにも卸し業の店構えをしている。以前は、万字屋は、主人の与兵衛が裏稼業として銃や火薬の商売をしていた。いま流行の武器商人だ。

店の前では丁稚《でっち》小僧が一人、桶の水を柄杓《ひしゃく》で掬っては道路に水を撒いていた。

陽射しは和らぎ、すでに秋の陽射しになっている。夜になると、昼の暖かさは消えて、肌寒い風が吹くようになった。

龍之介は店内に足を進めた。

「いらっしゃいませ」「……らっしゃいませ」「……らっしゃい」

店のあちらこちらから、手代や番頭の声が龍之介にかかった。

店内には、大勢の武家の奥方や御女中、町家のお内儀や娘が訪れていた。手代や番頭が相手をしている。

助蔵の姿は見当らなかった。

「あ、望月龍之介様、ようこそ、御出《おい》でくださいました」

帳場に座っていた大番頭の邦兵衛《くにへえ》が目敏く龍之介を見付け、立ち上がってお辞儀をした。

「しばらくでした。商売繁盛の賑わいで、よかったですな」

「お陰さまで、以前ほどではありませんが、なんとか商いをさせていただいております」

邦兵衛は揉み手をしながら、上がり框に座り、愛想笑いをした。

「お内儀の静香《しずか》さんはお元気ですか？」

お内儀の静香は、旦那の与兵衛を、竹野信兵衛に斬殺され、衝撃のあまり、気が触れた。

「はい。みなさまの励ましを戴き、お陰さまですっかり元気になられ、いまでは店頭に出て働いておられます。さきほどまで、お客様のお相手をしておられたのですが……」

邦兵衛は店の中を見回した。

「きっと何か御用があって部屋に戻られたのでしょう。お呼びいたしましょうか？」

「いや、結構です。機会をみて、ご挨拶します。ところで、助蔵さんが戻ったと」

龍之介は声をひそめた。刺客の竹野信兵衛は死んだが、また新手《あらて》の刺客が助蔵に差し向けられていないとは限らない。

邦兵衛は心得顔でうなずいた。

「いま、裏の蔵に入り、帳簿を調べております。呼びましょうか」

龍之介はうなずいた。

「お願いします」

邦兵衛は丁稚の一人を手招きした。

丁稚小僧が走って来た。

「これ、健吉《けんきち》、店の中を走ってはいけません。お客様に失礼にあたりますよ」

「はい、大番頭《おおばんとう》さん、気をつけます」

健吉と呼ばれた小僧は頭を掻いた。

健吉は十歳になったかならないかの目がぱっちりした小僧だった。

「裏の蔵に行って、大番頭の助蔵さんに、龍之介様がお見えになられたといってあげて」

「はい、大番頭さん」

健吉はくるりと踵を返すと、土間を走り出した。すぐに大番頭の注意を思い出したらしく、頭を掻きながら走るのをやめ、歩き出し、裏手への通路に姿を消した。

「助蔵さんがふけたあと、何か変わったことはなかったですか？」

「へえ。いくつかの藩の方が御出でになられ、主人の与兵衛や助蔵に会いたいといっていました」

「どんな藩の人でしたか？」

「ええと、長岡《ながおか》、土佐、水戸、長州、薩摩、庄内《しょうない》、黒羽《くろはね》とかでした」

「結構な数の藩の人が来たのですね」

「御出でになられた方々には、事情をお話しし、お引き取り願いました。中には……」

邦兵衛は困った顔をした。

「助蔵を隠しているのだろう、と粘られる方もいて」

「どこの藩だった？」

「水戸の方です。水戸藩を脱藩した浪人のようにおっしゃっていましたが」

「そうか」

「お待たせしました」

裏手から小僧の健吉に手を引かれた助蔵が現われた。健吉は邦兵衛が睨んでいると見ると、はっとして助蔵の手を離した。

「様子を見に参った。いかな具合か、とな」

助蔵は店内をさっと見回し、怪しい者はいないか、確かめた。

「ここでは、なんですので」

助蔵は龍之介に外へ出ようと促した。

龍之介は邦兵衛に「助蔵さんをちとお借りする」と告げた。邦兵衛はにこやかに「どうぞどうぞ」とうなずいた。

助蔵は店の外に出ると、あたりを警戒しながら、大川端の河岸に龍之介を連れて行った。対岸に深川が見える。

大川には、屋根船や高瀬舟、猪牙舟といった様々な船が往来していた。中には材木を組んだ筏《いかだ》が上流から下流へと流れていた。筏の上には人が立ち、長い竹棹を使い、筏を巧みに操っていた。筏は木場に運ばれるのだろう。

河岸には子どもが数人いるだけで、怪しい人影はない。やや離れた岸辺に釣り人の姿があるだけだった。

「いやあ、店に戻って、驚きやした」

「どうしたというんだい？」

「大事な帳簿や帳面が、すべて持ち出されていて。幕府の役人たちが来て押収していったとお内儀さんがいってたんですが、蔵にも何も残っていない」

「助蔵さん、店に戻って、これから、どうするつもりなんだ？」

「一度は武器商売から、きっぱりと足を洗うつもりだったたんですが、どうも、それはまずいと思い出したんです」

「どうして？」

「私を拾ってくれて、一人前の商人に育ててくれた旦那様に、ここで仕事を辞《や》めたら、申し訳がたたねえと」

　助蔵は大川を下って行く舟を眺めながらいった。

「旦那様は橋の下に捨てられた子の私を拾い、一から商いの仕方を教えてくれた大恩人です。旦那様は、常々いってました。商人も、志《こころざし》を持たねばならない、と。金儲けだけの商いをする商人にはなるなって。商人も、世のため、人のためになる商いをしろ、と」

「世のため、人のためか」

「旦那様は、もともとは武士でした。どうして、武士を捨てて商人になったのか、というと、武士は刀や槍を振り回して、世の中を変えようとするが、あれじゃあだめだと気が付いたそうなんで」

「さようか」

龍之介は自分のことをいわれているように思った。

「武士は金儲けを馬鹿にするが、じゃあ、てめえはどうかというと、金儲けの方法も手段も知らない。ただ威張り散らしているだけで、人に命令したり、指示したりすれば、世の中を変えることができる、世の中を動かすことができると思っている」

助蔵ははっとして、龍之介に頭を下げた。

「御免なさい。武士の龍さんに当て擦《こす》るようなことをいって」

「いや、助蔵さんのいう通りだと思う。たしかに我々武士は威張っているだけだ。何の役にも立っていない」

龍之介は頭を掻いた。助蔵は続けた。

「旦那様は、私にいっていました。御免なさい。いずれ、武士の世は終わるって。いつか、商人も百姓農民も、大工や桶屋の職人も、芸人芸者も、河原乞食《かわらこじき》の役者も、みんな平等な世の中になる、と。いや、そういう世の中にしなければならないって。旦那様の話によると、西洋諸国は、すでにそうなっているってんです」

「ふうむ。たしかに、いえているな」

龍之介は腕組みをした。

「私たち商人も、いい世の中にしようと志さねばならない、と。そのためには、いい世の中にしようという人たちに協力し、支援していかなければならない、と」

「なるほど」

「西洋人の話を聞くと、彼らの世界も、何度も戦が起こり、苦難を乗り越えてきた。いずれ、我が国でも世の中を変えるための戦が起こる。悪い連中と戦う善い人たちが出てくる。世の中を変えようと志す商人は、その善い人たちを支援しなければならない、といっていたのです」

「善悪を見分けるのは、非常に難しいけれどもな。たしかに、善い人たちを応援したい」

「私は、旦那様の遺志を継ぎたいと思うのです。というのは、龍さんの姿を見て、あ、旦那様がいっていたのは、こういう人のことだったのだな、と思ったのです」

「え？　それがしを見てだって？　冗談はやめてくれ。それがしは決して善人ではない。すでに人を殺したりもしている罪人だ」

「だけど、龍さんは、人助けのため、世のためにやったことです。なにも恥じることはない」

「………」

人を斬った記憶が甦り、右腕がぶるぶると震え出した。龍之介は慌てて左手で腕を抱えて震えを抑えようとした。

「その腕の震えが、龍さんの真正直なところです。人を殺めたことを心が悔いている」

「それが、それがしの弱いところだ」

「いえ、その反対です。強い心の人だから、常に反省し後悔できる。心の弱い人は、反省も悔いもせず、ひたすら己れをごまかし、他人をごまかして生きる。可哀相な人です」

「……そうかな。それがしも、弱い人間だが」

「いえ、違います。心の強い人だから、逃げずに、自《みずか》ら苦難や困難に向かっていく。いまの世の中を変えたい、もっといい世界にしたいと思っている」

「ははは、助蔵さんは、それがしを買い被っている」

「そうでしょうかね。龍さん」

助蔵はまじまじと龍之介を見つめた。

龍之介は尻がこそばゆくなった。

「分かった。助蔵さんは、万字屋与兵衛の遺志を継いで、引き続き、武器商人をやろうと決めたんだ」

「はい。私は善悪を見極めて、善と思われる人たちを武器で応援するつもりです。これからは、銃や大砲がなければ、戦は勝てない。私は世のため、人のため、世の中をよくしようという善人たちを支援していきたいと考えています」

「………」

龍之介は、そっとため息をついた。

世の中に本当の善はあるのだろうか。あるのは悪ばかりのような気がする。口には出さなかったが、善なのか悪なのか区別がつかないものもあるように思えてならなかった。

助蔵は手を翳《かざ》し、太陽を見上げた。

「ところで、龍さん、まだ日が高い。いま行けば、夜までには帰って来ることができる。あなたをスネル兄弟の事務所にお連れしましょう」

「それはありがたい」

スネル兄弟は父牧之介と取引をしているし、兄真之助とも会って話をしている。

「スネル兄弟はどちらに住んでいるのだ」

「神奈川宿《かながわしゆく》の横浜《よこはま》です」

「横浜？　遠いな。馬で行くか」

「船で行きましょう。私は馬に乗れません。品川《しながわ》から横浜までの通い船があります。

商人は、その船を使います。それに乗れば、十分に日帰りできます」

助蔵は笑った。

「じゃあ、私はいったん店に戻ります。スネル兄弟に渡したいものがありますんで」

助蔵は急ぎ足で店に戻って行った。

三

龍之介と助蔵は舟で品川の湊《みなと》に行き、帆掛け船を乗り継いで神奈川宿の横浜に向かった。

帆掛け船が横浜の沖に近付くと、何隻もの三本柱、四本柱の帆船や、巨大で黒い船体の蒸気船が二隻、沖合に停泊しているのが見えた。船がなおも横浜港に入って行くと桟橋にも、一隻の大型の黒船が横付けされている。船の横腹に大きな外輪が見えた。煙突からもくもくと煙が出ている。いずれの船の檣《ほばしら》にも、エゲレスやフランス、オランダ、メリケンなどの国旗が架かっていた。

龍之介は、講武所の教室の壁にかかった蒸気船の黒船や大型帆船の写真や西洋画で見て知ってはいたが、実物を間近に見るのは初めてだった。咸臨丸《かんりんまる》や観光丸《かんこうまる》よりも、一回りも二回りも大きな船ばかりだった。

横浜港は幕府が開いた外国人専用の居留地でもあった。長崎の出島《でじま》を模し、周囲に掘割を巡らし、居留地への出入口を一つにし、外国人以外の人の出入りを制限している。

助蔵は何度も来ているので、手慣れた様子で入場申請書と公用の二枚の通行札を出した。

出入口の役人たちは、助蔵が出した公用札と申請書に目を通してから、胡散臭そうに龍之介をじろじろと上から下まで見回した。尊攘派浪人の襲撃を恐れているのだ。だが、幕府の講武所学生とあるので、やや警戒の目は緩んだ。

「講武所学生が、何用あって居留地のスネル兄弟事務所を訪ねる？」

「語学の実践研修でござる」

龍之介は胸を張って応えた。満更《まんざら》嘘ではない。講武所では、フランス人教官や英語教官との会話の時間が少ない。語学は度胸だ。ろくに話せなくても、会話の場数さえ踏めば、結構話せるようになる。

「よかろう。通れ」

役人は申請書類に大判の朱印を捺した。

助蔵は先に立って居留地に入って行った。

一本の通りを挟んで、左右にしゃれた洋館が軒を接して立ち並んでいた。

助蔵は入り口から入ってすぐの洋館の前に立った。

家の扉に「スネル・ブラザーズ商会」とローマ字で書かれた金属製のパネルが貼り付けてあった。

助蔵は扉の脇に垂れている紐《ひも》を何度も引いた。引く度に家の中から鐘の音が聞こえる。

やがて扉の向こう側から野太い声の返事があり、扉がぐいっと軋《きし》みながら開いた。

不精髭を生やした青い目をした大柄な青年が顔を出した。

「オーマイガッド！　スケさんじゃないか」

「エドさん、おひさしぶり」

助蔵は大柄な青年と抱き合うようにして握手を交わした。

部屋から、もう一人の精悍な顔付の青年が出て来て、助蔵と抱き合い再会を祝った。

龍之介と助蔵は、部屋の中に招き入れられた。こぢんまりした洋風の部屋には、長椅子と一人用の椅子が二つあった。窓はガラス張りになっていて、桟橋に横付けされた黒船や、沖合の帆船、蒸気船が見える。

龍之介は、助蔵に兄弟二人を紹介してもらった。

兄がジョン・ヘンリー・スネル。通称ジョン。精悍な顔付の引き締まった体格をした青年だった。剣術を習っているという話だった。

弟はエドワード・スネル。通称エド。顔に不精髭を生やし、大柄だが、やや小太りだった。

兄弟というが、二人の容貌はあまり似ていない。共通するのは、西洋人らしい青い目と、やや厚い唇ぐらいだった。きっと異母兄弟なのだろう、と龍之介は勝手に判断した。

龍之介は、数年前、二人は日新館の射撃訓練場を見物に訪れなかったか、と尋ねた。その時に、二人をお見掛けしたことがある、といった。

二人は驚きの声を上げた。ジョンはうれしそうに笑った。

「行きました。あの時、射撃していたのは、あなたたちだったのですか」

龍之介は、その時に見かけた二人と、いまの二人はだいぶ印象が違う、といった。

以前は、もっと年上に見えた、と正直にいった。

二人は何事かを言い合っていたが、やがて、ジョンが笑いながらいった。

「あなた方は、いつまでも少年のように若いが、私たちは年を取るに連れ、若返っていくんです」

「え?」と驚く龍之介に、助蔵が「冗談冗談、彼らは冗談が好きなんです」といった。

龍之介は、そんな冗談をきっかけに、兄弟たちと打ち解けて話せるようになった。

ジョンは大袈裟に驚いた。

「おお、マキノスケさん、よく覚えています。あなたは、その息子ですか」

ややたどたどしいが、一応日本語を話すことが出来るのは、兄のジョン・スネルの方だった。

「望月真之助は、それがしの兄でござった」

「シンノスケさんのこと、覚えてます。真直ぐな考えのおサムライでした」

ジョン・スネルはうなずいた。

弟のエドも大きくうなずいた。

弟のエドワード・スネルは、片言の日本語を話すことが出来るが、詳しい話になると、ジョンに通訳をしてもらっていた。

「マキさんは、イギリス領事のジョンソンに騙されたんです。ジョンソンはひどい男です」

ジョン・スネルは明快に答えた。ここでは、父牧之介はマキという愛称になっていた。

ジョンソンは大英帝国が派遣した領事なのだが、同時に英国の武器を売る武器商人でもあった。

「父の牧之介は、ジョンソンに、どう騙されたのでしょうか？」

ジョンはエドと何事かを話し合った。

「マキさんは、初め、オランダ公使を通して、私たちと会い、私たちから鉄砲を買う約束でした。ところが、ジョンソンが、それを知ると横から口を出したのです。私たちはオランダ人ではないと」

「どういうことですか？」

「私たちは本当はプロシア人なのです。私たちはオランダ人から東の小国ジパングの話を聞き、非常に興味を抱いたのです。ぜひ、行ってみたいと。ですが、ジパングは鎖国していて、オランダ人以外入れてくれない」

「それで？」

「私たちはオランダ人商人として、長崎に入ったのです。だから、パスポートはオランダ国籍なのです」

「なるほど」

「ジョンソンは、私たちは国籍を偽って入った悪徳商人だ、きっと騙されるぞと、マキさんに告げたのです」

エドが何事かをいった。ジョンが通訳した。

「当時、プロシアは英国と敵対していました。だから、プロシア人が偽って、ジパングに入ろうとしている、と思ったのでしょう」

「それで、父牧之介は、あなたたちとの契約をやめた」

「そうです。マキさんとは何度も会って、うまく話が進んでいました」

「そして、父は、今度は忠告してくれたジョンソンから銃を買う交渉をはじめた？」

「その通りです。ジョンソンは、商売が上手で、マキさんと交渉しながら、一方でマキさんの上役に手を回したのです。そして、マキさんに入荷する数が少ないので、鉄砲の数をごまかし、入れたことにしないか、ともちかけた。マキさんは、約束が違うと怒り、契約を破棄して、私たちと再契約しようとしたのです」

エドが何事かを喚いた。ジョン・スネルが笑いながら通訳した。

「エドがいうように、ジョンソンはマキさんの上役のキタハラに賄賂《わいろ》を渡していた。

だから、私たちとの再契約はしない、といった。責任感のあるマキさんは激怒し、キタハラを諫《いさ》めるために、汚職を告発する遺書を書き、腹切りした」

「やはりそうでしたか。そうではないか、と思っていたのですが。兄の真之助は、何を聞きに来たのですか？」

「シンノスケさんは、マキさんの遺書がどこに消えたのか、誰が持っているのかを聞きに来ました」

「ジョンさんは、ご存じだったのですか？」

「はい。調べました。キタハラに賄賂を渡したジョンソンを捉まえ、単刀直入に尋ねたのです。すると、ジョンソンは、マキさんの遺書は、家老のイチジョウジに渡った。その告発状をキタハラに突き付け、暴露しない引き替えに、弟のイチジョウジマサスケを若年寄に付けた」

「やはり、そうだったのですか」

「背後についているジョンソンが陰謀家で、キタハラの利権全部を奪うのではなく、一部をキタハラに渡し、いうことを聞かせ、黙らせた」

「なるほど。昌輔は北原嘉門と儲けを分け合ったのか。兄には、その話をしたのですね」

「そう。そうしたら、シンノスケさんは、父の告発を悪用したマサスケが許せないと、怒ってマサスケのところに乗り込もうとしたのです。これはまずい、と私たちは止めました」

「そうでしたか」

「マサスケには、陰謀家のジョンソン領事が付いている。だから、マサスケを糾弾するには、ちゃんとした証拠証文を手に入れないと、相手から逆に潰されるといったのです」

ジョン・スネルはそこで助蔵を向いた。

「お兄さんに万字屋のヨヘエさんを訪ねて相談するようにいったのです」

助蔵は大きくうなずいた。

「それで話が繋がりました。私は直接、真之助さんから聞いていないが、旦那様は義憤を感じて、真之助さんに助言したらしい。うちの旦那様は武器売買に際して、しばしばイギリス領事ジョンソンの嫌がらせを受けていたのです。それで旦那様は、イギリスではなくフランスと仲良くすべし、といっていました。牧之介様とは、スネル兄弟よりも先に一度は武器の取引の交渉をしていた。ところが、ジョンソンにあらぬ噂を立てられ、信用を傷つけられ、牧之介様から契約を打ち切られたこともあります」

「与兵衛さんは、兄に何を助言したのですかね？」

助蔵はジョン・スネルを見ながらいった。

「ジョンから、昌輔とジョンソンには共有する愛人がいると教えてもらったと話していました」

ジョンはうなずいた。

「そう。ジョンソンとマサスケは、その芸者を愛人として共有していたんです。ジョンソンは、マサスケと密談をしたり、秘密の契約を取り交わす時に、なぜか、彼女を追い出さなかった。二人は、その愛人を身内のように思っていたのでしょう」

助蔵はいった。

「旦那様は、手を回して調べ、その愛人が武蔵という辰巳芸者だと突き止めた。それを真之助さんにいったのです。そして、辰巳芸者は張りと意気で生きているから、直接武蔵に会って聞けばいい、と。意気に感じてくれれば、きっと話してくれるだろうと」

龍之介はなるほどと思った。

「それで、話が繋がった。そこで、高木剣五郎こと竹野信兵衛は、口封じに与兵衛殿を殺し、辰巳芸者武蔵を斬った。そして、武蔵の家に火を付けて、武蔵が隠し持っていた証書や証文をすべて焼いて始末した」

だとすると、高木剣五郎こと竹野信兵衛に二人を消すように命じた「恩ある人」とは誰なのか？

一乗寺昌輔は、たしかに御前仕合いで龍之介を討ち果たそうと、元薩摩浪人の高木剣五郎を雇ったが、その昌輔が「恩ある人」とは思えない。

では、ジョンソンか？

しかし、高木剣五郎ないしは竹野信兵衛は、ジョンソンに何の恩があり、彼の密命に服さねばならぬのかが分からない。

高木剣五郎こと竹野信兵衛が「恩ある人」というのは、竹野が島津《しまづ》家の家臣であった時代に、誰からか受けた恩なのではないか。竹野が上役の妻に横恋慕して手を出して脱藩したが、ほとんど追及されることがなかった。そればかりか、薩摩藩士ではないのに、京都《きょうと》や江戸の藩邸に出入りを許されていた。

おそらく「恩ある人」とは、島津家の誰かなのではないのか。

だが、そう推論して、はたと分からなくなるのは、竹野が斬殺した万字屋与兵衛と辰巳芸者武蔵と、島津家の誰かの関係だった。

高木剣五郎こと竹野信兵衛の背後には、まだまだ大きな闇がある。その闇の中が見えそうになって、また見えなくなる。闇は深い、深すぎると龍之介は思うのだった。

ジョンやエド、助蔵は考え込んでいる龍之介をよそに、久しぶりの再会を喜び合い、四方山《よもやま》話《ばなし》に興じていた。

沖の蒸気船が、重く低い音の汽笛を鳴らした。

四

澄み切った青空が広がるようになった。赤とんぼの群れが爽やかな秋風に乗って、空高く舞っている。

龍之介は脇差し一本を腰に差し、袴は穿かずに、気楽な着流し姿で歩いていた。深川の町場には、侍の二本差しは粋《いき》ではない。

龍之介も、ようやく粋の意味が分かるようになっていた。

深川御屋敷の蔵破りがあってから、およそ半月ほどが経った。

銀兵衛や丁吉たちの地道な聞き込みや探索が続いている。鳥天狗党一味の正体は、いまだ闇の中だった。講武所崩れの旗本御家人の子弟たちということだが、詳しくは分からない。

「龍さん、いやしたぜ」

会津掬水組の詰め所がある路地から出て来たのは丁吉だった。

「川谷仇蔵の野郎がいやした」

「どこに？」

「小料理屋の『美世』って店でやす」

「やはり、そうか」

龍之介は愕然とした。いやな予感がしたが、やはり川谷仇蔵は『美世』に出入りしていたのだ。

「龍さん、『美世』をご存じでしたか」

「うむ。知っている。川谷は『美世』の女将《おかみ》と懇意なのか？」

「女将ではなく、お清《きよ》という仲居《なかい》と、いい仲になっているらしいです」

「仲居のお清？」

龍之介は、女将の美世ではないと分かり、いくぶんか気が楽になった。

「行きやすか？」

「うむ。行こう」

龍之介は丁吉と肩を並べて歩き出した。

丁吉はいった。

「親分たちが、いま『美世』に張り込んでいやす」

「しかし、なぜ、『美世』なんだ？」

「『美世』の女将は、昔から会津贔屓で、あの店には深川御屋敷や大川端屋敷などの会津藩の番方や中間《ちゅうげん》がよく出入りしているんです」

たしかに兄を裏切った田島孝介も、会津藩士で『美世』に出入りしていた。

「なんでも美世って女将は、元々会津の商家の娘だったとかで、会津藩と縁が深かったってえ話でさあ」

美世が会津の商家の出だったとは知らなかった。田島孝介は、そうした伝手《つて》もあって、美世といい仲になったのか。それにしても、田島孝介は、なぜ、什《じゅう》の仲間である兄真之助を裏切り、一乗寺昌輔に与《くみ》して襲ったのか？　龍之介は、また田島孝介を刺殺した感覚を思い出した。無意識のうちに右腕が震え出す。

「龍さん、どうしやした？」

丁吉が心配そうに龍之介の腕の震えを見た。

「大丈夫だ。なんでもない。時折、こんな発作が起こるんだ。なに、すぐ収まる」

龍之介は笑い、右腕を左手で庇うように押さえた。

小名木川に戻り、掘割沿いの道を大川に向かう。高橋の船着場を通り過ぎ、二町ほど先に小料理屋『美世』の暖簾が風に揺れていた。

『美世』の手前の路地に差しかかった。路地から、二人の影がぬっと龍之介たちの前に立ちはだかった。鮫吉と子分だった。

鮫吉が店の方を見ていった。

「龍さん、まだ川谷の野郎、店に現われません」

「どうして、川谷仇蔵が店に現われると分かったのだ？」

「ま、こっちに入って」

鮫吉は龍之介を路地に連れ込んだ。

「川谷といい仲になっているお清って仲居が、いつでも発てるように旅支度をしているんで。最近、人待ち顔で、そわそわして店先や通りを見る。落ち着かない様子なんで」

「どうして、そんなことが分かったのだ？」

龍之介は訝った。鮫吉は笑った。

「店で働いている板前の花吉《はなきち》は、あっしのダチでしてね。いろいろと店に出入りしている客や店の事情を教えてくれるんです」

「板前は、川谷仇蔵のことも分かるのか？」

「もちろんでさあ。川谷がお清にほの字で、足繁く店に通っていたってことも、花吉が教えてくれたんで。なんせ、花吉はお清に気があるもんだから、川谷に焼き餅を焼いていたんでやす」

「横恋慕か」

よくある話だな、と龍之介は思った。

「恋敵《こいがたき》が会津藩士のサムライだとあって、手が出せない。川谷って野郎は、一見優《やさ》男《おとこ》だが、剣の腕が立つそうなんで」

「剣術遣いか」

「そんで、花吉は半《なか》ばお清を諦めていたんでさ。そしたら深川御屋敷への押し込み強盗の件で、あっしらが川谷に事情を訊こうとしたら、川谷が逃げたって話を聞き、川谷は怪しい。そんな川谷にお清を渡すわけにはいかない。それで花吉はあっしらに協力するって言い出したんです」

「なるほど。そうだったのか」

「切ない男心ってやつでさ」

鮫吉はにやついた。

「それはそうと、川谷仇蔵と桑田仁兵衛が、本所《ほんじょ》向島の料亭に呼び出され、藩の偉いさんと密談したって話がありましたね」

「分かったのか?」

「へい。店は『あけぼの家』という本所で一番に格が高い料亭で、二人はその奥座敷に呼ばれた。押し込みがある一月《ひと》ほど前で、二人を呼んだ偉いさんってえのは、なんと若年寄一乗寺昌輔様でした」

「よく分かったな」

「『あけぼの家』の手代をしている男が、あっしのダチでしてね。『あけぼの家』の女将が、その手代に今夜御忍びでいらした御方は、うちの大事なお客様だから、くれぐれも粗相がないように、と注意した。手代は、女将に訊くわけにいかないので、番頭にいったいどなたですかって尋ねると、会津藩江戸屋敷の若年寄一乗寺昌輔様だといったそうでさ」

龍之介は頭を振った。

「昌輔殿は、そんな高級料亭に、よくお忍びで行ったものだな」

「番頭によると、昌輔様は何かの密談に、しばしば『あけぼの家』を利用するそうで、その夜も、後から、二人の偉そうなサムライが現われたそうなんで」

「二人だって? いったい、何者?」

「分かりません。手代によると、二人とも終始覆面を被っていたので、顔は分からないが、偉そうな態度や言葉遣い、着ている派手な羽織から大身旗本のどら息子だなと思ったそうなんで」

「昌輔と大身旗本のサムライと、川谷、桑田の四人か。いったい何を密談したのかな」

「話の中身は分からないが、酒を酌《く》み交わし、仕舞いには、芸者や遊女まで呼んで、大いに盛り上がっていたそうです。まるで何かの前祝いのようだった」

「深川御屋敷への押し込みの前祝いか？」

「おそらく、そうでやしょう。なんせ、蔵屋敷の番方を二人も誑《たら》し込むことができたのだから、押し込んでも失敗するはずがない」

鮫吉はちらりと龍之介に流し目をするように見た。

「それから、これは龍さんにいうのは、どうしようかと思ったんだが……」

「鮫吉、遠慮せずにいってくれ」

「実はね、昌輔様が呼んだ遊女たちのなかに、夕霧がいたそうなんで」

「さようか」

「手代の話では、後から来た大身旗本のどら息子の一人が夕霧を呼んだそうで」

龍之介は優しかった夕霧を思い出したが、直ぐ様未練を振り払った。

「大丈夫だ。それがし、いまは夕霧と何の縁もない」

丁吉が口を挟んだ。

「親分、張り込み、あっしが交替します。ここはあっしたちに任せてくだせえ。龍さんも、詰め所にお戻りになって、お待ちくだせえ。川谷の野郎が現われたら、すぐに誰かを呼びに行かせやすから」

「そうか。じゃあ、丁吉、任せた」

鮫吉は龍之介を振り向いた。

「龍さん、ここは、ひとまず丁吉に任せて引き上げましょう。こんなに大勢で張り込んでいたら、目立って仕方がねえ」

鮫吉は龍之介に戻りましょうと促した。

龍之介はうなずき、鮫吉と一緒に道を戻りはじめた。

五

その夜、龍之介は三田藩邸に戻らず、会津掬水組の詰め所に泊まり込んだ。

お清が旅支度をし、いつになくそわそわした様子から、鮫吉と龍之介は、川谷仇蔵が今夜にでも小料理屋『美世』に、お清を迎えに現われるのではないか、と読んだのだ。

龍之介は、大目付萱野修蔵の密命を受けた身分を明かす覚悟を決めた。そして、川谷仇蔵を深川御屋敷の蔵破りをした一味と結託した罪で捕縛し、上屋敷に連行する。

いつ、川谷仇蔵は小料理屋『美世』に現われるか。出来れば、店内に踏み込むのは避けたかった。それでなくても、女将の美世には会いたくなかった。会えば、かならず、美世から、なぜ夫の田島孝介を殺したのか、と詰《なじ》られる。

いくら田島孝介が、兄真之助を謀殺し、さらには、龍之介のことも殺そうとしたため、仕方なく斬ったと説明しても、美世は絶対に納得しないだろう。愛する男を殺されたという怒りだけしか、美世の心にはない。

龍之介は、いつでも駆け付けることが出来るように着替えず、布団に身を横たえていた。

鮫吉の読みでは、居酒屋が店を閉め、客が誰もいなくなってから、川谷は現われるだろう、それから、川谷はお清と連れ立って、夜逃げする。そういう段取りではないか。

龍之介も鮫吉の読みに異存はなかった。

だが、果たして川谷仇蔵は、龍之介の説得に応じて観念し、大人しくお縄を頂戴するだろうか？　捕縛されて在所送りになれば、獄に入れられ、評定会議にかけられ、重罪が言い渡される。武士として切腹が許されるか、あるいは、普通の犯罪人として、獄舎で斬首ということになるかも知れないのだ。

そうなると分かっていながら、のこのこと現われ、お縄を頂戴するだろうか。隠れ隠れて密かにお清を迎えに来るということは、もし、捕方に見つかれば、死に物狂いで抵抗するのではないか。

そんなことを考えると、気が重かった。出来れば、川谷仇蔵が現われず、そのまま、どこかに消えてほしかった。

いくら大目付萱野修蔵から、密命を受けているからとはいえ、正式な番方ではない。

そんなことを考え、思い悩んでいるうちに、玄関の方で騒ぎが起こった。誰かの叫ぶ声が聞こえる。

あたりを見回した。すでに日は落ち、薄暮があたりを覆いはじめていた。

どたどたと廊下に足音が響いた。

「親分！　辻斬りだあ」

「何！　辻斬りだと。誰が斬られた？」

座敷に横になっていた鮫吉がむっくりと軀を起こした。

龍之介も辻斬りと聞いて、すぐに起き上がった。脇差しを引き寄せ、腰の帯に差し込む。

「サムライが斬られたらしい」

「どこでだ？」

「張り込んでいる店の前でさあ」

駆け込んだのは子分の又吉《またきち》だった。

「なんだと！　龍さん、行くぜ」

鮫吉は脇差しを引っ摑み、廊下を駆け出した。

龍之介もすぐに鮫吉の後を追った。

後から銀兵衛たちが追いかけて来る。

薄暗い道の先に、いくつも提灯の明かりがあった。小料理屋『美世』の前に、黒々とした人集りが出来ていた。

女の泣き声も聞こえる。

鮫吉と龍之介は、人垣に駆け付けた。

「どけどけどけ」

鮫吉と銀兵衛が人垣を掻き分け、走り込んだ。龍之介も続いて、人垣の真ん中に走り込んだ。

人の輪の中に、仰向けになった侍がいた。その軀に取りついて、泣き喚いている女がいた。

「親分、斬られた男」

丁吉が提灯をかざして、倒れている侍の顔を照らした。明かりに照らされ、川谷仇蔵の苦悶の顔が見えた。

「あんたあ、誰がこんな目に。せっかく二人で暮らそうっていってたのに。誰がこんなことをやったんだい」

川谷仇蔵の胸元に顔を伏せた女が金切り声で叫んでいた。

「御新造、ちょっと見せてくれ」

龍之介は川谷の前に屈み込んだ。

女は顔を龍之介に向けた。

「なんだい、あんたは？」

「川谷殿と同じ会津藩士望月龍之介」

龍之介は名乗り、女を抱え起こし、川谷の遺体から引き離した。

川谷の左胸元に、二寸ほどの傷口が開いていた。ほかに斬り傷はない。左胸に突き入れられた刺突の痕だ。一撃で心の臓が突かれている。傷口から血が噴水のように噴き出し、ほとんど即死だったろう。

「龍さん、どう見る」

「桑田仁兵衛と同じ刺突だ。かなり腕の立つサムライの仕業《しわざ》だ。きっと同じやつだ」

「望月龍之介、なんで、あんたがここに居るのよ」

女将の美世の声が轟いた。

龍之介は顔を上げた。美世が龍之介に殴りかかった。鮫吉が美世の軀を抱き止めた。

「女将、よしなせえ」

「なんだよ、鮫吉親分、なんで龍之介の味方をするのよ」

「まあまあ、落ち着いて」

「なにさ、この龍之介め」

美世は龍之介に摑みかかった。鮫吉と丁吉が美世を止めようとした。龍之介は、鮫吉と丁吉に「いい、美世殿の好きにやらせてやってくれ」といった。

美世は龍之介の胸ぐらを摑んだが、それ以上は何もせず、泣き崩れた。

「女将さん」

傍らで、お清が女将の泣き崩れる様子を見て茫然としていた。

女将はお清に訴えた。

「こいつがね、私のあの人を殺したのよ。本当に憎い憎い男」

「こいつが、女将さんの旦那を斬り殺した望月龍之介なの」

お清は顔を歪め、龍之介を睨んだ。お清は赤鬼のような顔をしている。

「こいつは疫病神よ。こいつが深川に現われてからろくなことがない。お清、あんたの人が殺されたのも、こいつが来たせいよ」

美世は龍之介を指差して涙ながらに叫んだ。

周りを囲んだ野次馬たちが、女将とお清に同情し、龍之介に口々に罵声を浴びせた。

「この野郎、ぶっ殺せ」

「女将やお清の連れ合いを殺しやがっただと。いったい、この始末、どうつけてくれるんだい」

「おい、サンピン、土下座して謝りやがれ」

野次馬たちは、だんだんと殺気立ってきた。

「おい、この人は、決して悪くないんだ」

鮫吉は銀兵衛や丁吉ら子分たちと一緒に龍之介を囲み、野次馬たちを押し返した。

「龍さん、ここは、ひとまず引き揚げてくだせえ。あっしらが宥めますんで」

鮫吉は銀兵衛に目配せすると、提灯を高く掲げ、大音声で怒鳴った。

「てめえら、このおサムライにちょっとでも手を出したら、おれたち会津掬水組が相手をする。ただじゃおかねえぞ」

野次馬たちは、一瞬黙った。互いに顔を見合わせた。

龍之介の腕を銀兵衛が摑み、野次馬たちの間に割り込んで行った。提灯の明かりがないので、野次馬たちは龍之介を見分けられずにいた。

野次馬の一人が叫んだ。

「てやんでえ。会津の田舎っぺが、江戸っ子のおれたちが、そんな脅かしで引っ込むと思うのか」

「そうだぜ。喧嘩は江戸の花だ。おもしれえ。会津のやくざもんと、江戸の町奴のどっちが強いか、やってやろうじゃねえか」

鮫吉は提灯を野次馬たちにさっと投げ付けた。子分たちも、一斉に提灯を投げ付ける。

野次馬たちは提灯を叩き落とす。提灯は落ちて、めらめらと炎を上げて燃え上がった。

「野郎、やりやがったな」

野次馬たちはひるんだ。鮫吉と子分たちは、野次馬の群れに襲いかかり、たちまち暗闇の中で大乱闘になった。

悲鳴が上がり、女たちは逃げ惑う。鮫吉たちは、威勢がよかった野次馬たちを狙い、袋叩きにしていく。暗がりの中では、誰が味方で誰が敵なのか分からず、大混戦になった。

呼び子が鳴った。

「待て待て待てーい」

大川の方から、御用提灯が現われた。町方役人と岡っ引きたちの影が、杖や十手を掲げて駆けて来る。

「よーし。後は町方に任せて撤収だ」

鮫吉は子分たちに命じた。

「撤収」「撤収」

子分たちは一斉に喧嘩をやめ、掘割沿いの道を後退して行く。

龍之介は銀兵衛と一緒に、高橋の袂で、会津掬水組の組員たちが駆けて来るのを待ち受けた。

町方たちに捕まった野次馬たちが、今度は役人や岡っ引きたちともみ合っていた。

鮫吉は龍之介の傍に来ると、暗がりの中でにやりと笑った。

「あの野次馬たちも子分たちも、殴り合いの喧嘩ができて、少し気分がすっきりしただろうぜ」

龍之介は小料理屋『美世』の前の人集りを見ながらいった。

「川谷の遺体、どうなるのかな」

鮫吉が笑いながらいった。

「心配無用でやす。町方役人は、きっとお清から事情を聞き、遺体が会津藩士だと分かるでしょう。そうなると、奉行所は、必ず会津藩邸に引き取るように連絡してきます。会津藩士はたとえ裏切り者でも、死んだら、やはり会津藩士ですからね」

六

鮫吉のいった通り、数日も経ずに、奉行所から江戸藩邸に、遺体引き取りの要請があった。

藩邸では、深川御屋敷が元番方の川谷仇蔵の遺体を引き取り、荼毘《だび》に付した。

鮫吉の子分たちの証言から、川谷仇蔵の刺殺の様子が明らかになった。

川谷仇蔵は、太陽が沈んで、あたりが暗くなってまもなく、忽然と姿を現わした。本所の方角から歩いて来たらしい。川谷らしい人影が小名木川に架かる高橋を渡ったのを、丁吉たちの一人が気付いている。

しかし、川谷はすぐには小料理屋『美世』に向かわず、花街の賑やかな通りに向かった。そのため、丁吉たちは、その人影を川谷ではないと判断し、監視を緩めた。

ところが、その人影が路地から路地を抜け、大きく迂回して、今度は大川の方角から、小料理屋『美世』の前に現われた。丁吉たちが、その人影に気付いた時に惨劇が起こった。

女連れの酔客の人影が路地から千鳥足でよろめきながら現われ、店の前に佇む川谷の人影と対面した。その時、酔客の影が、突然、川谷の影にぶつかったように見えた。川谷の影は、その場にしばらくじっと立っていたが、ゆっくりと膝から崩れ落ちた。

女連れの人影は何事もなかったように、千鳥足でよろめきながら、花街の方角に歩み去った。都々逸を唄う声が聞こえた。

暗がりの中での一瞬の出来事だったので、丁吉たちは何が起こったのか、分からず、茫然としていた。

やがて小料理屋『美世』の戸口から出て来た客と仲居が、倒れている人影に気付いて、起こそうとした。そして、仲居お清の悲鳴が上がった。

「本当に、暗がりの中での、ほんの一瞬の出来事だったので、その酔っ払いがまさか川谷を斬ったとは思えなかったんで」

丁吉は頭を掻いた。

「川谷は悲鳴も声も立てなかった。酔っ払いも、急いで逃げるわけでもなく、ゆっくりと歩み去ったので、まさか、と信じられなかった」

龍之介は、数日後、同じ夕刻ごろに小料理屋『美世』の店先を訪れた。店の戸は閉じられ、人けもなくひっそりとしていた。店先には、臨時休業の札が下がっていた。

龍之介は、女連れの酔客が歩み去ったという方角に、ゆっくりと歩いた。

酔客は都々逸を唄っていたという話が、龍之介の頭にこびりついていた。

酔客と一緒にいた女の影は、夕霧ではないか、という疑念を拭い去れなかった。

以前にも、龍之介は、派手な羽織を着込んだ酔客にしなだれかかり、龍之介にこれ見よがしに歩く夕霧を見たことがあった。その時の大身旗本然とした男も歩きながら、都々逸を唄っていた。

龍之介の足は、自然に花街に向いていた。

通りの両脇に並ぶ居酒屋や旅籠、芸者の置き屋、瀟洒《しょうしゃ》な小料理屋の前を歩き抜けた。どこからか、三味線の音に合わせて唄う声が聞こえた。

いつしか龍之介は見知った料亭『浜《はま》や』の前に立っていた。見かけは料亭だが、奥に小部屋がいくつもあり、遊女たちが住んでいる。客は好きな遊女の部屋に泊まることが出来る。

夕霧は部屋持ちの遊女で、龍之介にとって忘れがたく、いとしくも優しい女だった。

その夕霧は元薩摩藩士の刺客高木剣五郎こと竹野信兵衛の愛妾になった。龍之介は、その高木剣五郎と立ち合い、斬り結んだ末に、高木を斬った。

高木は死ぬ間際、龍之介に、夕霧を幸せにしてくれ、と言い遺した。無理を承知で。

夕霧は高木を斬った龍之介を恨んだ。龍之介は、高木を斬った理由を夕霧に話さなかった。いくら話しても言い訳がましく、夕霧の胸のうちを晴らすことは出来ないと思った。

龍之介は、夕霧の幸せを奪った男として、終生許されることはないのを覚悟した。夕霧が、龍之介を恨むことで生き続けることが出来るなら、それでもいい。

龍之介は深呼吸をした。意を決し、『浜や』の暖簾を潜った。障子戸を開いた。

「いらっしゃいませ」

仲居が愛想笑いをしながら、龍之介を迎えた。

「お久しぶりですね」

仲居は龍之介の顔を覚えていた。

「夕霧さん、お呼びしましょうか？」

「うむ。頼む」

「では、こちらでお待ちください」

仲居は座敷の席に龍之介を案内した。低い食卓の前の席だった。

「いま、夕霧は……」

「夕霧さんは、いまはお客様はいません。お一人です」

「さようか」

龍之介はいくぶんかほっと安堵した。夕霧には確かめたいことがある。何も確かめぬうちに、一緒にいる男と会いたくない。

仲居は、いそいそと引き揚げて行った。仲居は、廊下の奥に消えた。

やがて、仲居が戻り、笑顔でいった。

「夕霧さん、いま御出でになられます。少々、お待ちを。お酒でも、お持ちしましょうか」

「頼みます。漬物と焼いた干物も」

「はい。承知しました」

仲居が台所に消えた。

龍之介はきちんと膝を揃えて正座した。

やがて、仲居が盆に載せて、銚子や盃、漬物や焼いた干物の皿を運んで来た。

「はい、お一つ、どうぞ」

仲居は銚子を手に取り、龍之介に酒を勧めた。龍之介は、慣れぬ手付きで、盃を持ち、酒を受け取った。

龍之介は盃を口に運び、一口で酒を飲んだ。

「駆け付け三杯と申します。さ、どうぞ」

仲居の勧めで、龍之介は盃三杯の酒を空けた。仲居は笑った。

「少しは落ち着いたでしょ？」

「うむ」

「大丈夫、夕霧さんはきっと許してくれるわよ」

仲居は、そういい、引き揚げて行った。

許してくれるだと？　龍之介は訝った。仲居は、夕霧から自分のことを聞いているのだろうか？

「いらっしゃいませ」

夕霧が薄化粧した顔で龍之介の前に現われた。よそよそしい挨拶だった。夕霧の目には、何の表情もなかった。憎しみも親しみも、優しさもない。

「まあ、座ってくれ」

夕霧は何もいわずに、低い食卓を挟んで、龍之介の向かい側に座った。芳《かぐわ》しい夕霧の化粧の匂いが龍之介の鼻孔をくすぐった。

龍之介は銚子を取り、夕霧に差し出した。夕霧も黙って盃を取り、龍之介が注ぐ酒を盃に受けた。夕霧は盃を静かに空けた。

「今日はあることを確かめるため、話しに来た」

「…………」

夕霧は優雅な手付きで、盃を差し出し、二杯目の酒を受け、そのまま口に運んだ。

「夕霧、おぬしの連れ、三日前、人を殺めたろう？」

龍之介は単刀直入に尋ねた。

「どうして、あなたは、そんなことを私に訊くの？」

夕霧の大きな黒い瞳が、龍之介をまじまじと見つめていた。正直な心の目だった。

「夕霧が心配になったからだ」

「どうして、あなたが私を心配するの」

「どうしてなのか、それがしにも分からぬ。ただ、おぬしが心配なのだ」

夕霧は、ふっと笑った。

「私の何が心配なの？」

「……おぬしには、幸せになってほしい」

龍之介は、高木の言葉を、自分の気持ちとして告げた。龍之介も高木以上に、心から夕霧の幸せを祈っていた。

「幸せねえ」

夕霧は龍之介から銚子を取り上げ、自分の盃と龍之介の手の盃に酒を注いだ。

「すっかり、そんなこと、忘れていたわ」

夕霧は盃の酒をすーっと飲み干した。

「…………」

龍之介は黙って酒を飲んだ。

夕霧はじっと龍之介を見つめた。龍之介も夕霧を見つめた。心が通う感じがした。

胸の鼓動が高くなった。

夕霧の手がゆっくりと伸び、龍之介の手を握った。柔らかでしなやかな手だった。

「部屋に行きましょう」

夕霧は、そっと囁いて立ち上がった。

龍之介は夕霧に手を取られて立った。

夕霧は龍之介の手を引き、廊下の奥へと連れて行った。

夕霧の部屋に入ると、夕霧はそっと龍之介の身に身を寄せた。

「抱いて。何もいわずに」

夕霧は龍之介の耳に囁いた。龍之介は夕霧を抱き、布団の上に倒れ込んだ。


龍之介は微睡《まどろ》み、目を覚ました。

夕霧の顔が間近にあった。吐息が熱い。

「龍《りゅう》さん、訊きたいことがあるんでしょう？　確かめたいことが」

「いま、おぬしがよく一緒にいる男は何者なのか？」

「堀田雅嘉《ほったまさよし》。大身旗本の道楽息子。でも、剣の達人で、恐ろしい男。焼き餅焼き」

「粋な都々逸を唄う伊達男か？」

「そう。人を斬っても、平気で都々逸を唄って、自分をごまかしている」

「三日前も、人を斬ったね。おぬしの目の前で、刀をずぶりと相手の胸に突き入れた」

「まさか、あんな店の前でやるとは思わなかった……」

夕霧は身震いした。

「相手が誰か、知っている？」

「話しているのを聞いた。川谷仇蔵。深川御屋敷の番方をしていたサムライだと」

「なぜ、殺したのか？」

「裏切り者だからだ、と。それに、誰かに喋られては困るからと」

「口封じか」

「そう」

夕霧は龍之介の頭をそっと裸の胸に抱き寄せた。

「本所向島の料亭『あけぼの家』での宴席に上がったことがあるね。その時、夕霧たちを呼んだのは一乗寺昌輔か？」

「そう」

「その時、宴席には昌輔のほか、川谷と桑田仁兵衛の二人、さらに大身旗本の男が二人いた？」

「堀田雅嘉と方岡大膳という大身旗本の放蕩息子たち」

方岡大膳が、そんな席にいたのか。龍之介は講武所崩れという噂を思い出した。

「二人と昌輔の間柄は、どう見えた？」

「昌輔は旗本たちに何かを依頼していた。方岡大膳を首領とか、頭領《とうりよう》と呼んでいたと思う」

「堀田雅嘉のことは？」

「堀田雅嘉は終始、無言で何もいわなかった。でも、いるだけで威圧感があった。たぶん、用心棒か護衛隊長だったと思う。その席で、私は堀田雅嘉に見初《みそ》められたの。後で、雅嘉は私におれの妾《めかけ》になれといった。自分以外の誰とも付き合うな、と」

「なんて答えたのだ？」

「気になる？」

「うむ。気になる」

「考えておくって返事した。私、一人の男のものになるのは……懲りたから」

夕霧は一瞬遠くを見る目になった。

それから夕霧は思い直したように、龍之介の頭をきつく抱き締めた。龍之介は押しつけられた乳房の間から顔を出して、息をついた。

「川谷は、誰を裏切ったというのだ？」

「堀田雅嘉に聞いた話は複雑で込み入っているの。昌輔は、料亭『あけぼの家』で、方岡たちに蔵屋敷を襲わせ、蔵に保管してあった鉄砲を盗み出すように依頼した。ところが、番方の川谷が鉄砲だけでなく、金庫を盗むといい、と提案した。金庫には大量の金塊や、昌輔たちの汚職を証明する証拠の証文などが保管してある、といった」

「なるほど。それで？」

「方岡たち大身旗本のぼんぼんは、天下の将軍直参旗本が、会津の田舎サムライの……御免、あなたのことをいっているんじゃなくってよ」

「分かっている。続けて」

「天下の旗本八万騎のおれたちが、会津藩の若年寄ごときのいいなりになるのは、けしからん、と常々腹を立てていたらしいの。そこで、これはいい機会だ。金庫の中身を押さえて、逆に会津藩の若年寄の昌輔を脅し、大金をせしめることができるとなった」

「大身旗本のどら息子たちの考えそうなことだな」

「そうと知った桑田仁兵衛は、藩を裏切るのが恐くなり、川谷たち番方仲間に、蔵破りの片棒を担ぐのをやめようと言い出した。それを聞いた方岡たちは、蔵に押し入るとともに、真っ先に桑田仁兵衛を殺して口を封じた」

「それで」

「川谷は、金庫のことを教えた見返りに分け前を方岡に要求したが、ほんの少ししか渡されなかった。そもそも、金庫にあるといわれた金塊がなかったそうよ。怒った川谷は、会津藩の家老に手紙を出し、蔵破りの黒幕は一乗寺昌輔だと告発したそうよ」

「なんだって？　会津藩の家老というのは、誰のことだ？」

龍之介は思わず起き上がった。夕霧は、開けた浴衣の前を合わせて笑った。

「昌輔と対立している御家老で、誰だったかな……」

「西郷頼母様か」

「そう、その西郷頼母様。竹野信兵衛が、恩ある人という人と同じ姓」

龍之介は思わず、夕霧の両肩を掴んだ。

「夕霧、いまなんといった？　高木剣五郎が恩ある人というのは、西郷だというのか？」

「そう。大恩あるのは、薩摩藩主の島津斉彬《なりあきら》様、その島津様が亡くなったので、次には西郷吉之助様、せごどんだって」

島津斉彬は、夏に不可解な死を遂げている。西郷吉之助は、その島津斉彬の側近として庭方役を務めていると聞いた。

そうか。高木剣五郎こと竹野信兵衛は、西郷吉之助の配下として動いていたのか。

これで、高木剣五郎についての重要な謎の一つが解けた。だが、なぜ、西郷吉之助は、高木剣五郎に万字屋与兵衛と、辰巳芸者武蔵を殺させたのか。その謎はまだ解けていない。

「何よ、龍さん、そんな恐い顔をして」

「ありがとう。夕霧のお陰で、高木剣五郎の背後にいた黒幕が分かった。それだけでも、大きな収穫だ。ところで、同じ姓の西郷頼母様のことだ。川谷は、いつ、その告発状を西郷頼母様に届けたのだ？」

「深川の蔵破りがあってまもなくのことよ。それで、方岡たちは、それを知って、川谷の口封じをし、告発状を取り戻そうと動きはじめた。方岡は、一方では金を寄越せと脅している昌輔に、川谷の告発状のことを知らせた。そして、恩着せがましく、川谷の口は封じるとし、西郷頼母様に届けられた告発状は、会津藩内のことなので、手は出せない、そちらでなんとか対処しろ、と突き放した」

龍之介は笑った。

「昌輔は、さぞ、困っただろうな」

父牧之介の遺書や証書は、方岡たち烏天狗党に握られている上に、また蔵破りを告発する書状が、新しい火種になる。

「龍さん、あなた、西郷頼母様に恩があるなら、気をつけて。昌輔は、きっと方岡たちに西郷頼母様の命を狙わせる。大金を払ってでも」

「なるほど。それはいえてる。夕霧、ありがとう。何から何まで、世話になる」

龍之介は、夕霧の裸身を力強く抱いた。

夕霧は、くくくと嬉しそうに笑いながら、龍之介の背に腕を回して優しく抱き返した。

七

翌朝早くに龍之介は会津掬水組の詰め所に顔を出した。

詰め所は大勢の組員たちが、額に白い鉢巻きをし、法被《はっぴ》に襷《たすき》掛け姿で大騒ぎをしていた。全員が脇差しや鳶口で武装している。

庭には篝火が焚かれ、竈《かまど》では炊き出しが行なわれていた。槍や木薙刀《なぎなた》を振り回したり、杖や刺又を振るう者もいる。一方では、砥石で草刈り鎌や鉈《なた》の刃を磨《と》ぐ者もいた。

まるで、大きな出入りがあるかのような騒動だった。

龍之介は面食らいながら、玄関から声をかけた。

「龍さん、お帰りなさい」「お帰りなさい」

若い者が迎えに出たが、いずれも緊張した面持ちで挨拶した。

「おう。龍さん、朝帰りかい」

鮫吉が大声で龍之介を迎えた。銀兵衛が後ろに控えていた。

「まあ。その、つい泊まってしまって」

「夕霧のところかい？」

「焼けるねえ」

鮫吉は銀兵衛と顔を見合わせて、にやりと笑った。

「鮫吉親分、この騒ぎはいったい何だというのだ？」

「龍さん、ちょうどいいところにお帰りになった。銀兵衛たちが秀造の足取りを追っているうちに、とうとう烏天狗党の隠れ家に辿り着いたんだ」

「それはどこにあると分かったんです？」

銀兵衛が答えた。

「神田川を少し上がったところにある蓬莱寺《ほうらいじ》だと分かったんです」

鮫吉が会津掬水組の印半纏を着込みながらいった。

「これから、その隠れ家に打ち込み、秀造の仇を討とうってんで。龍さんも、ぜひ、一緒に来てくんな」

銀兵衛もうなずいた。

「力を貸してくだせえ。旗本連中も、こちらの動きを知って非常呼集をかけた。いま、その寺にぞくぞく旗本連中が集まりだしているそうで」

「そこへ、みんなで打ち込もうと申すのか」

龍之介は、家の中はもちろん、庭や路地にまで集まった組員たちを見回した。

「ほかのテキヤの組員たちの加勢も含めて、総勢八百人はいる。これだけいれば、旗本のへなちょこ連中なんか、蹴散らしてやらあ」

龍之介は腕組みをした。

「鮫吉、ちょっと頭を冷やしてくれ。八百人の血気盛んな組員たちで討ち入れば、旗本連中に一泡も二泡も吹かせることはできるだろう」

「だろう？　秀造の仇を取るんだ」

「だが、鮫吉、敵の旗本は、どのくらいいるのだ？」

「偵察の報告では、ざっと五百人かな。多くても六百人程度だ」

龍之介は鮫吉にいった。

「鮫吉の狙いは、旗本全体が相手ではなく、烏天狗党の旗本だろう？」

「そうだが、烏天狗党の旗本ってえのが、誰だか分からねえ」

銀兵衛が口を挟んだ。

「龍さん、一つだけ分かった。屋根船の付けていた船提灯の紋所だ。丸に柏葉一枚の紋は、大身旗本の方岡家と分かった。方岡という旗本は烏天狗党だ。そいつを取っ捕まえて白状させれば、烏天狗党の正体は、みな分かる」

龍之介は大きくうなずいた。

「銀兵衛、鮫吉、それがしも、烏天狗党のこと、だいぶ分かった。尻尾も摑んだ。これから、それがしが、旗本御家人子弟を取り纏めている神山黒兵衛という旗本に会いに行く。このままでは、双方に血の雨が降る。頼むから、それがしに仲裁を任せてくれないか」

「仲裁だって？」

鮫吉は銀兵衛と顔を見合わせた。

「旗本と会津掬水組が大喧嘩をすれば、幕府が黙っていない。喧嘩両成敗で、双方とも、獄に繋がれる者が出る」

「上等じゃねえか。旗本も獄に入れられるなら、上等だ。やってやろうじゃねえかい」

鮫吉は息巻いた。龍之介は手で鮫吉を制した。

「鮫吉、待ってくれ。そもそもの原因は、烏天狗党だ。旗本のごく一部の者が創った強盗団だ。大部分の旗本は関係ない。その人たちにとっては、烏天狗党のとばっちりだ。それがしが、旗本の指導者と交渉し、彼らに烏天狗党を処罰させる。旗本のことは旗本にやらせる。鮫吉たちは、手を汚さず、血も流さず、じっと何もせずに旗本たちを見ていればいい」

「…………」

鮫吉は銀兵衛や丁吉たちと顔を見合わせた。

本音のところでは、誰も、旗本たちと喧嘩をして、血を流したくはない。

「まずは、それがしに交渉させてくれ。それでもだめだったら、仕方がない。旗本と一戦交えようじゃないか。その時には、それがしも、会津掬水組とともに戦う。どうだい？」

「分かった。ここは、龍さんに仲裁を任せよう。おれたちは、交渉が行なわれている間は、絶対に手を出さない」

「鮫吉、ありがとう。それがしに、任せてもらう」

龍之介は鮫吉に頭を下げた。

「おいおい、まだ戦は終わっていない。龍さんの交渉結果を待っているから、存分に談判してほしい」

鮫吉は龍之介の背中をぽんと叩いた。

「銀兵衛は、丁吉、酉蔵を連れて、龍さんに付き添いな。何かあったら、誰かすぐ知らせるんだ」

「へい、親分」「任せてくだせえ」「龍さん、よろしくお願いします」

銀兵衛と丁吉、酉蔵は龍之介に頭を下げた。

八

龍之介は銀兵衛と丁吉、酉蔵を従え、神田小石川の神山邸に乗り込んだ。神山黒兵衛は、先手組の幹部たちと作戦会議をしていたところだった。

　龍之介たちが現われたと知ると、神山邸に詰めかけた旗本御家人たち十数人は、殴り込みに来たかと緊張し、殺気立った。門前で、龍之介たちに待ったをかけた。

　龍之介は話し合いに来たと大音声《だいおんじょう》で叫んだ。神山黒兵衛殿にお会いし、何が揉め事の原因なのか、話し合いたい、と申し入れた。

　ややあって、神山黒兵衛が門前に現われた。

　背後に大身旗本の仲間たちが付いていた。

　龍之介は、神山黒兵衛に深川御屋敷の蔵破りが烏天狗党を名乗る者たちの仕業だと分かったといい、現場に置いてあった鴉の画が描かれた紙を見せた。黒装束たちは「烏天狗党参上」と高らかに名乗ったことも告げた。

　烏天狗党は深川御屋敷から多数の鉄砲と金庫を盗んだ。鉄砲は毛利藩の隠れ蔵屋敷に運ばれたこと、一方、金庫は神田川上流の蓬萊寺に運ばれたと分かったことも告げた。そして金庫を運ぶ高瀬舟を先導する屋根船の船提灯には、丸に柏葉の家紋があった。

「その家紋は、旗本のどなたの家紋か、ご存じのはず」

　神山黒兵衛たちの表情は一層険しくなった。誰なのか知っている顔だった。

ついで龍之介は、深川御屋敷の番方桑田仁兵衛、原常之介、川谷仇蔵の三人の刺殺された刺し痕は同一犯の仕業、それも、大身旗本の一人堀田雅嘉の仕業だと断定したとも伝えた。

旗本たちは騒めいた。神山黒兵衛が「静まれ」とみんなを宥めた。

龍之介は、最後に、烏天狗党の舟の足取りを追っていた組員秀造が、何者かに捕まり、秀造は刺突の練習台にされて殺された。これを行なったのは、烏天狗党のほかには考えられないといった。

「こうした一連の犯罪を、ほんの一握りの旗本たちである烏天狗党が行なっている。貴殿たちは、その烏天狗党を守って、彼らに加担して我らと戦うか、それとも旗本のことは旗本が解決するとして、貴殿たち自身が、烏天狗党一味を断罪するか、いずれを選ぶか、ご回答いただきたい」

神山黒兵衛は、龍之介に「しばし、待て」といった。神山はほかの幹部たちと協議していた。

しかし、協議は結論がなかなか出そうになかった。神山は腕組みをし、黙っている。

龍之介は銀兵衛たちと顔を見合わせ、交渉は決裂だな、と覚悟した。

いきなり、神山黒兵衛が立ち上がった。

「それがしが決定を下す。喧嘩の原因は、烏天狗党の方岡大膳たちに非があると認める。望月龍之介、おぬしの主張は正しいと信じる。我ら旗本のことは旗本が決着をつける。まずは、喧嘩の矛《ほこ》を収めよう。これより、蓬萊寺に乗り込み、拙者が旗本たちを解散させる。いいな」

旗本たちは、誰も文句をいわなかった。

二艘の猪牙舟は、競い合うように神田川を勢いよく滑って行く。

先に行く猪牙舟には銀兵衛と酉蔵の二人が、後に続く猪牙舟には、腕組みをした龍之介と丁吉の二人が乗り込んでいた。龍之介が乗った猪牙舟を漕ぐのは、死んだ秀造を神田川の上流域へ送り込んだ老船頭の為三郎だった。

為三郎は、その日の夕方、秀造を下ろした河岸まで迎えに行ったのだが秀造の姿はなかった。翌日、秀造は、悲惨な姿で神田川に浮かんでいた。為三郎は、秀造が死んだのは己れの責任だと顔をくしゃくしゃにして悔いていた。

二艘の猪牙舟の後から、一艘の屋根船が追いかけて行く。二丁櫓《にちょうろ》にしているので、普通の屋根船よりも速い。

龍之介は後ろを振り向き、付いて来る屋根船を窺った。

屋根船には、神山黒兵衛をはじめとする大身旗本の面々五人が乗り込んでいた。いずれも、講武所で出会った大身旗本の子弟たちだった。

二艘の猪牙舟が先に蓬莱寺の船着場の桟橋に着いた。警戒に立っていた白襷に白鉢巻きの旗本たちが、槍を構えて、一斉に龍之介たちを囲んだ。

「こやつら、敵だあ」

「やっつけろ」

「人斬り龍之介じゃないか」

「龍之介は敵側に寝返ったか」

龍之介は両手を広げて、旗本たちを止めた。

「待て待て、喧嘩はなくなった。落ち着け。神山黒兵衛さんが来た。みんな、話を聞け」

門前には、篝火が焚かれ、白鉢巻きに白襷姿の旗本たちが大勢集まっていた。

外の騒ぎを聞き付け、境内からも、どっと大勢の旗本たちが駆け出て来た。

「敵はどこだ!」「敵をやっつけろ」

「みんなばらばらになるな」

「密集隊形を作れ」

旗本たちは口々に叫び、右往左往していた。

龍之介は呆れて物がいえなかった。

講武所で習った集団戦の成果がまったく出ていない。指揮を執る者もいる様子がない。ただの烏合《うごう》の衆だった。ただ、みんな怒号で叫び合い、うろうろしている。下手《へた》をすると同士討ちさえしかねない混乱状態だった。

「引け引け。喧嘩はなしだ」

「戦はなしだ。みな、引け引け」

屋根船から神山黒兵衛たちが、桟橋に飛び降りた。幹部たちも、大声で落ち着けと命じている。

「あ、神山さんだ」「よかった。喧嘩はなしらしい」「戦はないらしいぞ」

旗本たちは槍を引き、口々に喜びの声を上げていた。

神山は集まった旗本たちに叫んだ。

「指揮者はどこにいるか？」

幹部たちは、旗本たちを見回し、指揮者を探した。

集まっている旗本たちは互いに言い合った。

「指揮者は誰だっけ？」

「方岡さんじゃなかったか？」

「浅井《あさい》さんが、さっきまでいたはずだけど」

幹部たちが呆れた顔でいった。

「神山さん、指揮を執っている連中は、どこかに逃げたようです」

「どうして逃げた？」

神山は怒声を上げた。

「ここに指揮者の方岡大膳や堀田雅嘉はいないのか？」

旗本たちはおろおろしながら答えた。

「いえ。いません」

旗本の一人がおどおどしながらいった。

「さっき、伝令がやって来て、方岡さんに、まもなく神山さんたちが来る、戦はなしだ、といっていました」

「それを聞いたら方岡さんたち幹部は、馬鹿馬鹿しいといって、みな、船に乗り込み引き揚げました」

別の旗本が神山にいった。

「我々は味方を呼びに行く。おまえらは残れといって船に乗って、どこかに」

「逃げたのかな」

「まさか、方岡さんがそんなことするとは思えないが」

旗本たちは、あたりを見回しながら、口々に言い合った。

幹部たちは、神山のまわりに集まった。

「神山さん、こんな状態では、いくら大勢集めても、戦えませんね」

「だいいち、ここで指揮を執って、敵と戦うといっていた方岡たちは、どこに逃げたのか？」

「もしかして、神山さんが来ると聞いて、恥ずかしくなり逃げ出したのか？」

銀兵衛が蓬莱寺の山門から顔を出した。龍之介に来てくれと、手招きした。

龍之介はうなずき、山門に急いだ。

銀兵衛は本堂の前を見ろといった。

本堂の前の地面に黒い金庫が転がっていた。扉が開いていた。

「やつら、中身だけをごっそり持ち去ったようです」

龍之介は、方岡たちがなぜ逃げたのかが分かった。神山たちが乗り込んで来れば、金庫はどこから盗んで来たのか、中身は何だと訊かれるに決まっている。

神山黒兵衛が龍之介のところにやって来た。

「鳥天狗党が深川御屋敷の蔵から、強奪した金庫がこれか」

「そうです」

「中身は、方岡たちが持ち去ったらしいな？」

「神山さんたちに取られると思って、持ち去ったのでしょう」

神山はまわりにいる幹部たちに怒鳴るようにいった。

「方岡一派は勘弁ならん。これまで、なんとか旗本として認めてきたが、もう許さん。やつら鳥天狗党が深川御屋敷から金庫や鉄砲を強奪したと認定する。鳥天狗党は、今後、いっさい直参旗本と認めない。旗本一門から破門する！」

神山は大声で怒鳴った。

幹部たちは、神山が怒り狂う様に、首をすくめていた。

龍之介は、神山に一礼した。

「では、これで、我々は退散します。神山さんが、鳥天狗党一派を破門し、今後一切彼らを旗本と認めない、という言質《げんち》、会津掬水組に伝えてもよろしいですね」

「無論だ。直参旗本から、あんな連中を出したことが恥ずかしい」

神山は苦々しくいった。

龍之介は銀兵衛を見た。銀兵衛は珍しく鬼瓦のような顔を緩めて笑っていた。

「龍之介、これは、拙者からの忠告だ。方岡たちは堀田雅嘉を頂点にして、腕が立つのは十三人だ。ほかはほとんど雑魚《ざこ》ばかりだ」

「堀田の流派は何なのですか」

「向井流《むかいりゅう》だ」

「向井流とは、どのような剣を遣うのですか？」

「刺殺、それも執拗に突きをする殺人剣だ。突きだけを鍛練する。気の毒だったが、秀造殿は、おぬしがいったように、刺殺の突きの練習台にさせられた。酷い話だ」

神山は合掌した。

龍之介は銀兵衛と顔を見合わせた。銀兵衛はまた鬼瓦の顔に戻っていた。秀造の話を聞いたからだろう。

十三人の刺客か。龍之介はまた右腕が震え出すのを覚えた。

九

龍之介は神田川からの帰りに、藩上屋敷に寄った。

もしかして頼母様が会津から江戸に戻っておられるのではないか、という予感がした。

頼母が会津に帰ったのは、夏の盛りのお盆のころだ。夏は終わり、すっかり秋めいてきている。

正門の番をする顔見知りの門番が、龍之介を見ると、「御家老様、お戻りになってますよ」と囁いた。

「お、そうか」

龍之介は背筋を伸ばし、胸を張って、屋敷に入って行った。

龍之介は、人けのない大廊下を、心なしか足早に頼母の書院に急いだ。

書院から、何人かの話し声が聞こえた。

お客様が来ているのか。では、頼母にお帰りなさいと一言だけでも挨拶して、三田藩邸に戻ろうと思った。

龍之介が襖の外に座り、中にいる頼母に声をかけた。

「頼母様、お帰りなさい。龍之介にございます」

急に話し声がやんで静かになった。

「おう、龍之介か。入れ」

頼母の声が聞こえた。

龍之介は襖を引き開けた。頼母と客人たちに頭を下げた。

「お客様が御出でですから、それがし、ご挨拶だけで下がらせて……」

龍之介は顔を上げて、そこで言葉が止まった。

「おう、龍之介、元気そうだな」と五月女文治郎《さおとめぶんじろう》。

「本当だ、ずいぶん、日焼けした顔をしている」と河原九三郎《かわはらくさぶろう》。

「久しぶりです。望月さん」

川上健策《かわかみけんさく》がはにかんだ笑みを浮かべた。

三人の仲間の顔が笑っていた。

「なんだ、おまえら、いつ来たんだ？」

文治郎、九三郎は、子どものころからの同じ什の仲間だった。

川上健策は、日新館道場で、一、二位を争う剣の遣い手だ。

一番奥ににこやかな頼母の顔があった。用人の篠塚和之典も隣りに座っていた。

「龍之介、三人は道中、私をしっかり護衛してくれた。頼もしい供侍だった」

「さようですか」

龍之介は、三人をからかいたくなったが、頼母の前とあって、じっと我慢した。

「龍之介、江戸では、わしの居ぬ間に、いろいろ起こったようだな」

「はい。頼母様にお話ししたいことが、たくさんございます」

「そうか。今日は到着したばかりだ。疲れておる。明日から、おいおい尋ねよう」

「かしこまりました。ただ、一つだけ、いま伺っておきたいことがあります。頼母様の許に、川谷仇蔵という番方の中士から、告発状が届けられませんでしたでしょうか？」

「告発状だと？　何についての告発だ？」

「深川御屋敷の蔵破りは、旗本の一部の鳥天狗党が行なったものですが、それを指示した黒幕について、川谷仇蔵が告発したものです」

龍之介はあたりの気配を窺った。

川谷仇蔵は、黒幕として昌輔を名指ししたものだというのだが、龍之介は確認していない。告発状の実物がないのに、実名を出すのはまずい。

「わしに届けられた告発状だと？　篠塚、おぬし、そんな手紙を預かった記憶はないか？」

「龍之介殿、それはいつのことでしょう？」

「蔵破りがあってから、まもなくのことです。川谷は頼母様にお届けしたといっていたそうです」

「なぜ、わしに？」

「その黒幕と頼母様は対立なさっているからだと」

龍之介は、対立なさっている、という言葉を意味深げにいった。勘のいい頼母のことだ、きっと一乗寺昌輔のことだと察するだろう。

頼母は篠塚と顔を見合わせた。

「篠塚、わし宛の書状や書類、いま一度、調べてくれ。間違って、何かの書類に紛れ込んでおるかもしれん」

「はい。承知いたしました。すぐに、調べてみます。それがしが、書状を受け取っていれば、必ず殿にお届けするのですが。おかしいな」

篠塚は首を捻った。すぐに篠塚は席を立ち、書院の書類入れやら手紙入れを調べはじめた。

「篠塚、もしや、わしが居ない間に、何者かが書院に忍び込み、川谷仇蔵の手紙を盗み出したのではないか」

「それを警戒して、できるだけ、書院は空けないようにしておりましたのですが」

文治郎も九三郎も、川上健策も何か落ち着かずにもじもじしていた。

「よしよし。みんな、退屈しておるのだろう。手紙のことは篠塚に任せた。おぬしら、早く三田藩邸に行き、旅装を解きたいのだろう」

「はい」

三人は、元気よく返事をした。

「龍之介、みんなを三田藩邸に連れて行ってやれ」

龍之介は立ち上がった。

「分かりました。しょうがない。おれが引率するから、みな迷子にならぬよう、しっかりついて参れ」

「はい。先生」

「ついて行きます。どこまでも」

文治郎も九三郎も川上健策も、日新館の新入生のように素直に返事をして立ち上がった。


舟で下り、三田藩邸の門を潜って、宿舎に入ると、三人は運んで来た旅行用の柳行李を開いた。

その後、龍之介は、先輩の笠間慎一郎に、三人の無事到着を報告させた。

龍之介は九三郎を鉄砲組の宿舎に連れて行った。河原九三郎の父仁佐衛門《じんざえもん》は、鉄砲組組頭で、江戸詰めになっていた。

国の会津に戻ることもままならず、息子の九三郎とも会えなかった。河原仁佐衛門は、息子九三郎の来訪に、さすがに嬉しそうだった。部下たちの手前もあってか、河原仁佐衛門はあまり声をかけなかったが、久しぶりに会う息子九三郎が、大人びているのを見て、目を潤ませていた。

その夜、龍之介は夕食を終えてからも、明け方近くまで、文治郎、九三郎、川上健策と話し込んだ。

文治郎と九三郎と川上健策は、会津の話を、龍之介は、江戸の生活、なにより、講武所での学生生活のいろいろを話した。

昌平坂学問所に通う鹿島明仁が、井伊大老の大弾圧で捕らわれ、伝馬町の牢屋敷の獄中にいることを、龍之介が告げると、みんなは黙り込んだ。四人の胸中には、学問好きで元気な明仁が思い出され、明仁が一刻も早く、無事に出獄出来るよう祈るばかりだった。

話すことは山ほどあった。

神田小川町の新しい施設に移転した講武所は、将来の幕府陸軍創設をめざすものだが、軍制改革をめぐり、近代派、守旧派、中間派が激しく主導権争いをしており、いまだその方向が決まっていない。

これまでの講武所の陸の学生隊は、旗本御家人が中心の編成だったため、西洋のような近代軍隊にならなかった。新しい陸の学生隊は、海軍伝習隊のように、上士も下士もなく、武家も非武家の別もない伝習隊になりそうだなど。

龍之介は、武士町民の別なく雑多な職種の人間が集まった第四小隊の共同生活をおもしろ可笑しく話した。

一方、文治郎たちは、最近の日新館での生活や出来事を話した。その話のなかで、河原九三郎と五月女文治郎は、射撃部門の訓練で優秀な成績を上げ、この度の講武所派遣になったこと。川上健策も学業での優秀な成績と、日新館道場で首席になったことが認められて、講武所派遣になったなどが報告された。

話はあっちに飛び、こっちに飛び、脈絡もなにもない、たわいもないおしゃべりになり、ようやく、みんなは昔の仲間に戻ることが出来た。

「ところで、龍之介、こちらの上の様子は、どうなっているのだ?」

畳に寝転んだ文治郎が龍之介にきいた。九三郎が合いの手を入れた。

「そうそう。おまえのお父上牧之介様のことや、兄上真之助さんの事件とか、調べたのだろう? 何か分かったのかい」

龍之介は、寝床からむっくりと身を起こした。

「うむ。いろいろ分かった。昌輔は、とんでもない汚職をやっているぞ」

「え、本当か」

「どんな悪いことをしているんだ？」

「うむ。そればかりではない。我々が知らないところで、影の戦が行なわれている」

「なんですって。どことどこが」

川上健策も起き出した。

龍之介は大きく伸びをした。

「……という話は、また明日だ。そろそろ朝になっちまう。今日は、もう話をやめて、寝よう。夜更かしし過ぎて、昼間眠くなっては困るんでな」

九三郎が不満そうに文句をいった。

「なんでえなんでえ、話がおもしろくなったところで、寝ようだなんて」

文治郎が眠そうな声でいった。

「ま、明日もある。今日は寝ようぜ。お休み」

「お休みなさい」と川上健策。

龍之介は、行灯の灯を吹き消した。部屋は真っ暗になった。

龍之介は寝床に寝転び、暗い天井を見上げた。みんな変わらず、いい連中だな、と思った。

暗闇に鼾《いびき》の音が響き出した。文句をいっていた九三郎の鼾だった。

十

江戸の街は、いつの間にか、枯葉が舞いはじめていた。朝夕も、だいぶ冷え込むようになった。

文治郎たちが江戸に来てから、ほぼ一カ月が経った。龍之介にとって、あっという間の忙しい日々だった。

龍之介は、神田小川町に移転した講武所の新家屋への出頭を命じられた。新たに編成された教導小隊への配属だった。教導小隊は、ほかの部隊の模範となる部隊で、将来の幕府陸軍を創設するための実験部隊でもあった。

教導小隊には、かつて龍之介がいた学生隊第四中隊第四小隊の隊員たちが大勢召集されていた。

士分で武家奉公人の中野吉衛門、下士の土田利助、士分で町方同心だった松阪宇乃《まつざかうの》介《すけ》も工藤久兵衛もいた。武家奉公人だった砂塚道蔵、目明かしの小島《こじま》力男、足軽の織田辰造、槍持ちの泰吉、足軽の田原《たわら》大助など、みな龍之介の仲間の隊員たちだ。

みんなは、再会に喜び合った。

龍之介は竜崎大尉から呼び出され、分隊長に任命されること、それに伴い、下士官への昇級を打診されたが、幕臣ではなく会津藩士なのでと両方とも固辞した。

竜崎大尉は笑いながら、頭を振った。

「望月、考えが古いな。これからは幕臣も会津藩士もないぞ、軍隊にそんな幕臣だ、何々藩だのという考えを持ち込むな」

「ですが、現実には、そういった意識が隊員たちにはあります」

「だから、そういう意識を打破しようという試みが教導小隊なのだ。上士だ、中士だ、下士だなんていっている時代は、やがて終わる。軍隊の階級制度が、その表れだ。上士だからといって、すぐに佐官や尉官になれるわけではない」

「はい」

「下士官兵士もそうだ。下士官に、誰だってなれるわけではない。下士官は、それなりの技量を持ち、兵士たちの模範となって、常に先頭に立って戦う兵士でなければならない」

「はい」

「望月、指揮官がだめだと、その指揮官の隊もだめになる。だらしなくなる。そういう光景を、いやというほど見たろう。教導小隊は、模範となって、ほかの中隊小隊を教導する部隊だ。どうだ、私に協力して、教導小隊の指導を手伝ってくれ」

「少し考えさせていただけませんか」

竜崎大尉はにやっと笑った。

「よかろう。編成するには、まだ時間がある。三日時間をやろう。よく考えろ」

「はい」

「いい返事を期待しているぞ」

竜崎大尉は目を細めてうなずいた。

本部から控え室に戻ると、笠間慎一郎と文治郎たちが待っていた。

笠間慎一郎と文治郎たち三人は、新しく編成された中隊に配属が決まっていた。

文治郎が嬉しそうに龍之介にいった。

「笠間先輩が分隊長の分隊に、おれたち三人も配属された」

「会津藩士は、一緒にしておくということらしい」と九三郎。

「どんな訓練をするのか、楽しみです」

川上健策が意気込んでいった。笠間がにやつきながらいった。

「分隊長のおれは厳しいぞ。会津藩士だからといって、特別扱いはしない。楽しみにしておけ」

文治郎が龍之介にきいた。

「おまえは、本部から呼ばれて、何を命じられた？」

「教導小隊への配属を打診された」

「やはりな。教導小隊は、優秀な兵士や下士官、将来期待される指揮官候補の士官たちが集められ、最新式の鉄砲や大砲で訓練するんだ。龍之介が抜擢されると思っていた」

笠間が羨ましげにいった。

「教導小隊に入るには、いろいろ条件があるんです。すんなりと一兵卒で入ることができないので、少し考えさせてほしい、とお願いしたんです」

「いろいろ条件があるか。だが、龍之介、これも体験だぞ。やってみろ、といいたいな」

「はい。ありがとうございます。自分なりによく考えます」

龍之介は笠間にうなずいた。

龍之介はみんなと別れ、三田藩邸には戻らず、深川の会津掬水組の詰め所に立ち寄った。

詰め所は人が出払っていて、年寄りの組員しか残っておらず、閑散としていた。

今年会津で収穫した新米を詰めた俵が、船に載せられ、大量に運搬されてきた。毎年のことだが、今年も会津掬水組の人夫たちが、それらの新米を深川御屋敷や大川端屋敷の蔵に入れる作業に駆り出されていたのだ。

鮫吉も銀兵衛も、荷揚げ作業の陣頭指揮を執っているのだ。

龍之介は庭に回り、日当たりのいい縁側に腰を下ろした。

庭の柿の木に真っ赤な実がなっている。

「お茶をご用意しましょうね」

源五郎《げんごろう》老人が龍之介に声をかけた。

「どうぞ、お構いなく」

留守番の年寄りは、源五郎といい、昔は滅法、喧嘩が強く、会津掬水組の源と呼ばれて、テキヤ仲間や、地元のヤクザ、深川の町奴たちから恐れられたといわれている。

いまは、痩せぎすの、穏やかな顔の好々爺《こうこうや》で、誰にも愛想がいい年寄りとなり、昔の源五郎を偲ばせる面影はない。

「お茶をどうぞ」

源五郎は、縁側に座った龍之介に、盆に載せたお茶を差し出した。

「ありがとう」

龍之介は礼をいい、茶碗を手にして口に運んだ。

芳《かん》ばしい茶の香りが鼻孔をくすぐった。

秩父《ちちぶ》茶の上物《じょうもの》だった。

「源五郎さん、その後、旗本と、何かありましたかね」

このところ、文治郎たちが来たこともあり、彼らを連れて街を案内したり、江戸の名所巡りをしたりで、詰め所にあまり来ていなかった。

「あれ以来、旗本たちはちょっかいを出さなくなりやしたね。大人しくなったのか、次に何かやろうと考えているのか」

そういえば、移転した講武所には偉そうな態度をした大身旗本の子弟や御家人の姿がなかった。

竜崎大尉は、かつて旗本御家人が主体の軍事組織を創る、といっていた。新しく創られた部隊は、まだ中隊が一個しかなく、教導小隊は、その中隊からも独立した特別の小隊だった。教導小隊で、いろいろ実験しようというのであろう。

果たして、どうしたものか、と龍之介は思い悩んだ。

教導小隊の分隊長になり、階級も軍曹か伍長といった下士官になる。自分は軍人になるために、講武所に入ったのではない。かといって、いまの時代、軍人は武人でもあり、己れの身に合っているような気持ちもある。

自分は、これから、何になろうと思っているのだろうか？

「あの、もし」

詰め所の門から、女の顔が覗いていた。

どこかで見覚えがある顔だった。

源五郎がさっと立ち上がり、玄関に急いだ。

やがて玄関先から源五郎の詰め所の応対する声が聞こえた。

「こちらは会津の掬水組の詰め所でございますよね」

「へい、さようで。なんでございましょうか」

「こちらに、望月龍之介様はおられますか？」

「へい。お宅様はどちら様で」

「ある人から言付かって参りました」

龍之介はお茶を飲むのをやめた。

「お女中、それがしが望月龍之介だが」

女は龍之介の方を見て、怪訝な顔をした。

「お女中、あのおサムライさんが望月龍之介様で」

源五郎の声が聞こえた。

女は玄関には入らず、龍之介がいる庭先に回って来た。女は目を細め、龍之介に近付いた。

「あ、ほんと、望月様だ」

女はほっとした顔になった。その顔を見て思い出した。

「『浜や』の仲居さんじゃないか」

仲居は小走りに龍之介に駆け寄った。

「夕霧さんから言付かったんです」

仲居はちらっとあたりに目をやりながら、小声でいった。

「明日は、会津のせごどんはお参りになってはいけませんって」

会津のせごどんとは、西郷頼母のことか。

明日、お参りに行く？　何のことだ？

仲居は着物の襟《えり》の間から、折紙の鶴《つる》を取り出し、龍之介にそっと差し出した。

龍之介は、赤い鶴の折紙を解いて開いた。

真四角な赤い折紙の裏に、美しい筆遣いの走り書きがあった。

お寺の境内で、鴉《からす》の群れが、西郷様のお命を狙っております。くれぐれもお参りには御出でになりませぬよう。

最後に、霧とあった。

龍之介は、はっとして立ち上がった。

「ありがとう。夕霧は？」

「いま、お客様とご一緒です」

仲居は気の毒そうに龍之介を見た。

夕霧は客を選ぶ。嫌な客は相手にしない。懇意な客しか部屋に入れない。

「そうか。都々逸の上手い男だな」

「……はい」

夕霧と一緒にいる男は、堀田雅嘉。

龍之介の胸に嫉妬の炎が冷たく燃え上がった。腰の脇差しを掴んだ。

「望月様、夕霧が申しておりました。たとえ、身は売っても、心は売らぬ、と」

「…………」龍之介は堪えた。

「ですから、店には決して御出でになってはなりませぬ、と。もし、あなたが御出でになったら、私は懐剣で、喉《のど》を突くでしょう、と」

龍之介は仲居にうなずいた。

おそらく、夕霧は堀田雅嘉から、命懸けで、西郷頼母の暗殺計画を聞き出した。それを一刻も早くと、走り書きし、仲居に届けるように頼んだに違いない。

いま己れが『浜や』に駆け付けたら、夕霧と龍之介が親しいと堀田雅嘉に分かり、夕霧の命が危なくなる。

「分かった。それがしは店には行かぬ。帰ったら、夕霧にいってくれ。会津のせごどんは、拙者が守ると。知らせてくれたことに、心から礼をいう、と」

龍之介は仲居に一礼すると、腰の脇差しを押さえて、近くの船着場に駆け出した。

なぜか、目から涙が溢れて仕方なかった。

十一

上屋敷に着いた時には、夕暮れになっていた。上屋敷の白壁は茜色に染まっていた。

龍之介は大廊下を小走りになって、頼母の書院に急いだ。

書院には、書類の後片付けをする篠塚の姿しかなかった。

「頼母様は、どちらに居られますか？」

「梁瀬様と上様のところで、御会食なさっておられます」

「お戻りは？」

「さあ。お話が長引けば、いつになるか。何か、お急ぎですか？」

龍之介は唸るようにいった。

「明日、頼母様は、どこかにお参りになられますか」

「はい。なんでも、昔お世話になった御友人の命日なのを思い出され、お忍びでお墓参りをなさいます」

「どのような御友人なのですか？」

「さあ。それは頼母様も内緒になさっておられるので、用人の私にも分かりかねます」

篠塚は穏やかな顔で続けた。

「頼母様は、なにしろ、あまり公にできない御友人なので、あくまで内密にと申されていました。ですから、用人の私も供侍も連れずにお忍びでお参りしたいとおっしゃっていました」

「どちらのお寺さんですか？」

「上野山《うえのやま》の光来寺《こうらいじ》と聞いています」

龍之介は、どうしようか、と思った。このまま、帰りを待って、明日はお参りをやめるよう申し上げるか、それとも……。

「どうなさったのです？　何か心配事でも」

「そうなのです。明日、お参りする頼母様を烏天狗党一味が待ち伏せし、暗殺しようとしている、という通報があったのです」

「本当ですか？　烏天狗党が、明日、待ち伏せするという通報は、どこから入ったのです？」

篠塚の表情が変わった。

「それがしの親しい者が、烏天狗党の幹部の口から聞き出したのです」

夕霧の艶かしい肢体が目に浮かんだが、すぐに打ち消した。

「ですから、頼母様に、ぜひ、お伝え願いたいのです。明日は、絶対にお参りなさらないでくださいと」

「分かりました。そうお伝えします」

「よかった。それがし、今日はこれで引き取らせていただきます」

龍之介は篠塚に頭を下げ、引き下がった。下がりながら、篠塚に訊いた。

「先日お話しした川谷仇蔵の告発状は、ございましたか？」

「告発状？」

篠塚は物思いに耽っていたが、はっとして振り返った。

「いえ。それが、どこに消えたか、ここにはないのです」

「さようですか。では」

龍之介は廊下に出て襖を閉めた。

何か違和感を覚えたが、それが何か分からず、龍之介は廊下を玄関に急いだ。

上屋敷の玄関を出た時には、あたりはすっかり暮れて、闇が広がった。

龍之介は門前で、顔見知りの門番から声をかけられた。

「望月様、夜道は暗《くろ》うございます。提灯をお持ちになってはいかがです？」

「でも、舟に乗ってしまえば、三田藩邸までは……」

龍之介は、そういったものの門番が差し出した提灯を受け取った。

「かたじけない。使わせていただく」

ふと思いついて、門番に聞いた。

「もし藩の下級の者が、上屋敷の御家老などに手紙を渡そうとしたら、いかがいたしたらいいのだろうか？」

「門前で通りかかるのをお待ちして、直接お渡しするか、上屋敷に出入りする方に、御家老に渡していただけるようお願いする」

「ほかには？」

「門番に手紙を渡し、御家老に届けてもらうようお願いする手もあります」

「しかし、門番が手紙を失念するかも知れない」

「そんなことが起こらないよう、私たちが手紙を預かったら、その旨を記帳しますから、まず失念することはないでしょう」

龍之介はなるほどと思った。

「その記帳書、拝見することはできるかな」

「どうぞどうぞ、番小屋に備えてありますゆえ」

龍之介は門番に案内され、番小屋に入った。

分厚い記帳書が机の上に置いてあった。

龍之介は行灯の傍らで記帳書を開き、頁を一枚ずつめくった。

蔵破りのあった日の四日後、川谷仇蔵の名前が記してあった。預かった門番の名前があり、届先の名前も記載されていた。

お届け先、西郷頼母様と記され、受取人の欄に、篠塚和之典の名前があった。

龍之介は、首を捻った。

篠塚は、川谷仇蔵の書状を西郷頼母の用人として、たしかに受け取っていた。篠塚は、それを忘れたというのか、あるいは、受け取ったものの、その後、書院の中から消えてしまい、篠塚は、そのことを西郷頼母にもいえずにいるというのか。それとも……。

龍之介は記帳書を閉じた。

「ありがとう。助かった」

龍之介は門番の男に礼をいい、提灯をぶら下げて、掘割の船着場に向かった。

十二

三田藩邸に戻ると、龍之介は文治郎、九三郎、川上健策を呼び集めた。笠間慎一郎にも声をかけ、鳥天狗党による頼母暗殺の陰謀が企てられていると告げた。

暗殺決行は、明日、としか分からない。

「どうするか？」

龍之介はみんなに相談した。

「しかし、用人の篠塚殿を通して、頼母様にお参りをやめるように伝えてもらったのではないのか？」

笠間がいった。

龍之介は低い声でいった。

「頼母様に伝わらないかも知れない。篠塚は、信用できん」

龍之介は、上屋敷の門番の番小屋で見た記帳書の話をした。

「もしかして、昌輔の手の者かもしれぬ」

蠟燭《ろうそく》の炎が大きく揺らいだ。

「篠塚が裏切り、川谷仇蔵の告発状は昌輔に渡ったかも知れないというのだな」

九三郎が唸った。龍之介がいった。

「最悪の事態を考える。楽観論は抜きだ。それがしの墓参取りやめのお願いが頼母様に伝わらないとする。さあ、どうする？」

「頼母様が乗った駕籠《かご》を止める」

「駕籠ではなかったら？」と文治郎がいった。

笠間が首を傾げた。

「馬で墓参するか？　普通は馬は使わない。公道を行けば目立ちすぎる」

「だが、万が一、馬ということもある」

「よし。馬を出すなら、馬廻り組厩からだ。それがしが調べよう」

龍之介はうなずいた。

「お忍びでの墓参だ。おそらく、御忍び駕籠だ。あれなら、公道を通っても、顔を見られずに寺まで行ける」

御忍び駕籠は四人担ぎの駕籠で、大名や高貴な人、大名の奥方様などが、お忍びで市中に出る場合に利用する駕籠だ。

「お参りする先の寺は、上野光来寺だ」

龍之介は、江戸絵図を畳の上に広げた。川上健策が蠟燭を手に絵図にかざした。九三郎が行灯を引き寄せ、絵図を二重に照らした。

「どこだ？」

笠間が絵図に目を凝らした。

龍之介も文治郎も川上健策も絵図を舐めるように調べた。

「あった。これが光来寺だろう。そう小さく書いてある」

目のいい九三郎が蠟燭の明かりに照らされた絵図の一角を指さした。

龍之介が将棋の駒の王将を九三郎の指した箇所に置いた。

不忍池《しのばずのいけ》から日光《にっこう》街道を真直ぐ下り、東叡山《とうえいざん》を巡る掘割を越えた左手の山中に小さくカタカナでコウライジと書き込んであった。

笠間がいった。

「たとえ、お忍びであれ、日光街道を行くだろう。鴉どもが、頼母様の駕籠を待ち伏せるとしたら、日光街道では目立ちすぎる。おれが鴉なら、光来寺の境内で待ち伏せする」

龍之介もうなずいた。

「通報者も、寺の境内で待ち伏せするとしていた」

「その通報者の話は信用できるのか？」

笠間が訝った。龍之介はうなずいた。

「信用できます。命懸けで、それがしに烏天狗党の陰謀を教えてくれたのです」

笠間は川上や文治郎、九三郎と顔を見合わせたが、ゆっくりとうなずいた。

「分かった。事情は分からぬが、龍之介が信用するというのだから、おれたちも信用しよう。で、どうするかだ」

「講武所仕込みの作戦を立てる」

「戦だな」九三郎は笑った。

「敵の烏天狗党は、神山が教えてくれたことによれば、刺客は十三人。いずれも腕が立つ御先手組だ」

御先手組は番方で、将軍の警護に当たったり、江戸城各門を守る精鋭の旗本衆だ。

「相手にとって不足はないな」笠間がうなずいた。

龍之介は続けた。

「なかでも、警戒すべきは、堀田雅嘉。向井流免許皆伝だ。突きが得意技だ。おそらく、ほかの手下たちも、堀田雅嘉から突きを伝授されている。その犠牲になった秀造がいる」

「秀造？」

みんなは顔を見合わせた。

「会津掬水組の組員で、烏天狗党の隠れ家を死んでなお教えてくれた功労者だ。それがし、秀造の仇を討つつもりだ」

龍之介はそういった後、呟いた。

「仇討ちは、いまの時代、もう旧《ふる》いといわれるがな」

「で、作戦は、どうするのだ？」

文治郎が笑いながら訊いた。

龍之介は腕組みをしていった。

「作戦の第一目標は、頼母様の命を守ること」

「うむ」みんなは合意した。

「作戦の第二目標は、烏天狗党を潰す。頭領の方岡大膳、最高幹部堀田雅嘉の二人を生け捕りにし、幕府の役人に突き出す。ほかの雑魚は放っておいてもいい」

龍之介はみんなを見回した。

「それがしが、本丸西郷頼母様をお守りする」

「わしらは？」笠間が聞いた。

「先輩には、最も大事なしんがりをお願いします」

「うむ。任せろ」

龍之介はみんなにそれぞれの役割を与えた。

夜はしんしんと更けていった。

翌日、龍之介と笠間慎一郎、文治郎たち三人は、朝暗いうちから起き出し、それぞれ支度をした。

笠間慎一郎は、馬廻り組に出かけた。

九三郎、文治郎、川上健策の三人は、組頭河原仁佐衛門の宿舎に向かった。

龍之介は三田藩邸を出て、舟で日光街道に向かった。

その日は、朝から、雨が降りはじめた。秋の長雨である。

十三

上野山光来寺の山門の参道には、雨が降りしきっていた。松の枝の葉が激しい雨に打たれている。風が出てきた。

上野の山の竹林が風雨に大きく揺れて、騒めいていた。

人影がまったくない参道を、四人担ぎの御忍び駕籠が静々とやって来る。駕籠の前には、蓑笠姿の中間が二人、雨に濡れながら、歩いていた。

御忍び駕籠は、山門を潜り、寺の境内を進み出した。

突然、雨の中、駕籠をめざして、四方から、黒装束の影の群れが殺到した。

「待て待て」

黒覆面に黒装束姿の侍十三人が、御忍び駕籠の周りに飛び出して来た。

「で、でたあ」

四人の駕籠舁きたちは、悲鳴を上げ、来た道を駆け戻って行った。蓑笠姿の中間二人も、慌てて駕籠舁きたちの後を追った。

「烏天狗党、参上仕《つかまつ》った！」

黒装束の侍たちは、駕籠の周囲を二重三重に囲んだ。一斉に刀を抜いた。雨が刀身を濡らして流れる。

黒装束たちの中から頭らしい男が進み出て、低くどすの利いた声でいった。

「乗っておられるのは、西郷頼母殿とお見受けいたした」

「………」

中から返事はなかった。

「頼母殿、故あってお命頂戴仕る。ご覚悟めされよ」

頭の侍は鋭い気合いもろとも刀の抜き身を駕籠の扉の隙間に突き入れた。それと同時に反対側の扉が蹴破られ、笠を被った侍の軀が雨の中に転がり出た。

転がり出た人影は、雨の中、すっくとその場に立ち上がった。

「生憎《あいにく》だが、頼母様ではない」

「おぬしは？」頭は一瞬たじろいだ。

人影はおもむろに笠を脱ぎ放った。

「西郷頼母様の家臣、会津藩士望月龍之介」

頭は驚いた。

「なにい、望月龍之介！　いつの間に」

龍之介は笑った。

「いつ乗り替わったかだと？　はじめから入れ替わっておったのだ」

龍之介は刀の柄《つか》を握り、静かに呼吸を整えた。いつも始まる右腕の震えはなかった。

「それがしは、望月龍之介と名乗った。おぬしらは、顔を隠してなぜ、名乗らぬ」

龍之介は雨音にも負けぬ大音声で吠えた。

黒装束たちは、誰も名乗らない。無言のまま、三方、四方から、刀を水平にし、突きの構えで迫って来る。

「ははは。名乗れぬか。卑怯者めが。じゃあ、こちらから名指ししてやる。アホ鴉の党首は、方岡大膳だろうが」

黒装束たちは、顔を見合わせた。

「方岡大膳、怖気付いたか、憶病者め」

「おのれ、みな、望月龍之介を串刺しにしてやれ」

「…………」

その声を合図に、周囲の黒装束たちが、じりじりと龍之介に迫りはじめた。

龍之介は、目を伏せ、半眼に開いて、周囲をぼんやりと眺めた。黒装束たちの姿が、雨の中にくっきりと見えた。

方岡大膳の影が嘲笑った。

「頼母は逃したが、ちょうどいい。望月龍之介、おぬしも、あの世に送ることは決まっていた。覚悟いたせ」

方岡大膳は黒覆面をかなぐり捨てた。

「やっと顔を出したか、大膳」

方岡大膳は周囲の黒装束たちに「かかれ！」と号令をかけた。

龍之介は、空になった駕籠を背にし、すらりと刀を抜いた。

黒装束たちは、四方に散ったものの駕籠が邪魔になって、龍之介の正面と左右の三方からしか斬り込めない。

背後の黒装束は、駕籠の扉を通してしか刺突できない。

いきなり龍之介の左右にいた黒装束が動いた。左右の黒装束は気合いもろとも、刀を水平にして突き入れた。

同時に正面の黒装束も刀を水平にして突き入れて来る。必殺の刺突三方陣だ。

龍之介は瞬間、右の黒装束の懐に飛び込み、刀で胴を抜いた。流れるような動きで、左から突き入れて来た黒装束の喉元を打ち上げ、その返す刀で正面から突いて来た黒装束の喉元を叩いた。

龍之介は静かにいった。

「峰打ちだ。打たれた痛みは、生きている証拠だ」

一瞬の早業に、周囲の黒装束たちは呆気に取られていた。

龍之介は静かに刀を右斜め後方に下げて残心していた。目を伏せ、半眼にし、再び心眼で周囲を見る。

あと十人。

龍之介は、死屍累々の犠牲者たちを思い浮かべた。

桑田仁兵衛、原常之介、秀造……。

「龍之介、いい知らせがあるぞ」

方岡大膳の隣にいた黒装束が、ゆっくりと黒覆面を脱いだ。

堀田雅嘉の顔が現われた。

「何だ、いい知らせとは？」

「それがし、裏切り者は大嫌いでな。あざとくもわしに抱かれながらも、わしを裏切り、今日のこと、おぬしに知らせた夕霧を斬って、冥途に先に送った。あの世で、夕霧はおぬしを待っている。どうだ、いい話だろうが」

「なにぃ。夕霧を……」

龍之介は目が眩《くら》んだ。二、三歩よろめいた。おのれ、おのれ！

「なぜ、夕霧が裏切ったというのだ？」

堀田雅嘉はふふふと含み笑いした。

「用人の篠塚が教えてくれたよ。おまえに墓参する頼母を襲うと知らせた者がいるとな。それで夕霧がわしを裏切り、おまえに知らせたと分かった」

「篠塚はやはり裏切り者だったのだな」

「お互い、裏切られた同士だ。あい哀れもうかのう」

黒装束たちは、どっと嘲り笑った。

おのれ、おのれ。

おぬしら、許せぬ。

龍之介は、刀の刃を返した。

峰打ちはやめだ。

斬る。

龍之介は覚悟した。もう容赦しない。

斬って斬って斬り捲る。

真正《しんせい》会津一刀流、秘剣落花《らっか》乱れ打ち、見せてやる。

龍之介が磐梯《ばんだい》山中で、天狗老師から直々《じきじき》に伝授された秘太刀だ。これまで遣ったことはない。

龍之介は周囲の灯籠、庭石、松の木、手水《ちょうず》受けの石、鹿威《ししおど》し、池端の石、鐘楼の石垣……それらの位置や配置を瞬時に頭に焼き付けた。

「龍之介。調子に乗りやがって。今度はそうはいかんぞ」

方岡大膳が高らかに笑った。

「向井流必殺六方陣、受けてみよ」

一度は三方陣を一瞬で破られて、度胆を抜かれた黒装束たちも、方岡大膳の檄《げき》に気を取り直して、じりじりと龍之介を再度取り囲んだ。駕籠の扉が壊されて外された。

正面から二人、左右に一人ずつ、背後の駕籠越しに一人。もう一人が、背後の駕籠に忍び寄ろうとしている。

龍之介は心を鎮めた。

心眼で六人の動きをじっと睨んだ。

必殺六方陣。

後ろから、二人が刀を突き入れて来る。同時に正面の二人が刺突しに来る。左右の二人も気を合わせて龍之介の左右に刀を突き入れて来る。

六方陣の同時突きだ。どう動いても、六人の突きを避けられぬ、躱《かわ》すことも出来ぬ。

龍之介は死を覚悟した。

最後の最期、秘剣落花乱れ打ちで、死に花を咲かせよう。

夕霧、見ていてくれ。

龍之介は軀から力を抜いた。構えるのをやめ、だらりと刀を下に垂らした。

「お、龍之介、刺されて死ぬ気持ちになったか」

方岡大膳が勝ち誇った声を上げた。

龍之介は黙って目を閉じた。

胸元の奈美の簪が震えた。

だめ、死なないで。私のために生きて。私を一人にしないで。

奈美の声が哀しげに心に響いた。

済まぬ。それがしは、奈美、おぬしを裏切った。済まぬ。死んでお詫びをする。

龍之介は心で奈美に謝った。

だが、その前に、やつらを斬る。それがしは、最早《もはや》……。

背後の影たち二人が、刀を水平にして、突き入れて来た。

同時に、前面と左右の四人も刀を水平にして龍之介に突き入れて来る。

いきなり、銃声が二発轟いた。

背後の二人の影が吹き飛んで転がった。

その一瞬、龍之介は軀を回しながら、左の黒装束に体当たりし、弾き飛ばした。黒装束はよろめき、正面から突き入れて来た刀に刺されて、相手とともに転がった。

龍之介は地面を蹴って、近くの大きな庭石に跳び、さらに体を回しながら、その庭石を蹴って、正面から刺突して来たもう一人の黒装束を斬り下ろした。

右から突き入れて来た黒装束の刀は、龍之介が飛んだために空を刺した。黒装束はたたらを踏んで踏み止まり、刀を返して、龍之介に向けた。

龍之介は斬り下ろした刀を、水平にして、刀を向けて来た黒装束の胸元に深々と突き入れた。

これまた流れるような動作の連続だった。

龍之介は刀を右下段に下ろして残心した。駕籠の背後に蹲《うずくま》った二人の黒装束を窺った。二人とも銃撃で血を流しており、龍之介に斬りかかって来る気配はなかった。

境内の鳥居に身を隠す人影に目をやった。文治郎と九三郎の二人だった。

二人は銃を立て、急いで弾を先込めしていた。傍らで川上健策が抜刀し、二人を護衛していた。先込め銃は、弾込めに時間がかかる。

周囲に九人の黒装束たちが転がり、呻いたり、苦痛の声を上げていた。

残るは四人。

龍之介は残る黒装束に目を向けた。

「おのれ、邪魔が入ったか。行け。あやつらを斬れ」

方岡大膳が怒鳴り、二人の黒装束に命じた。

二人の黒装束は抜刀し、鳥居に向かって駆けて行った。

「ここはそれがしが相手をいたす」

川上健策が叫んだ。

二人の黒装束が素早く刀を水平にし、川上に突き入れようとした。川上は刀で相手の小手を斬って落とし、返す刀でもう一人の黒装束の胴を抜いた。川上得意の抜き胴だ。二人の黒装束は声も上げずに倒れ込んだ。

「やれやれ、邪魔ばかり入るな」

堀田雅嘉は腕組みを解いた。着ていた羽織をさっと脱いだ。すでに白襷掛けしていた。

「いよいよ、おぬしをあの世で待つ夕霧の許に送る番だな」

堀田雅嘉は、そういいながら、龍之介の前に立った。

「堀田、なぜに夕霧を斬ったのだ」

「わしを虚仮にした報いだ」

堀田は腰の大刀をすらりと抜いた。

都々逸を唄った。

「わしという男がおるに、好きな女子に袖にされては、おれの男が立たぬ」

堀田雅嘉は唄いながら、刀を水平に返し、龍之介に向けた。

参道に馬蹄の音が轟いた。

参道を二騎の騎馬が駆けて来る。

「待て待てーい」

笠間慎一郎の声が聞こえた。

「その勝負、待て待てーい」

もう一騎は西郷頼母だった。

「やれやれ、また邪魔が入りそうだな。龍之介、それがしとの勝負。どうする、受けて立つか。それとも尻尾を巻いて逃げるか」

堀田はにやにや笑った。

「受けて立とう」

龍之介は堀田に向かい、いったん刀を青眼に構えた。

堀田は真顔になり、中段に刀を構え、刃を水平にした。独特の突きの構えだ。

再び、猛烈な殺気が龍之介に向けられた。

「龍之介、おぬしの太刀筋は、たっぷりと見せてもらった。なんとやらの秘剣も、わしには通じない」

龍之介は黙り、目を伏せ、半眼にして、刀をだらりと垂らして、全身から力を抜いた。隙だらけの捨身の構えだった。

堀田は、怪訝な顔になった。龍之介の隙だらけの構えに戸惑ったのだ。

二騎の騎馬は、鳥居のところで止まった。笠間慎一郎と西郷頼母がひらりと馬から下りた。

抜刀した方岡大膳が絶叫しながら、西郷頼母をめざして突進した。

「西郷頼母、お命頂戴仕る」

方岡大膳の前に笠間慎一郎が立ち塞がった。

「そうはさせぬ」

笠間慎一郎は、頼母の前に手を広げて立ちはだかった。右手に刀を持っている。

「おのれ、邪魔するな。どけ」

方岡大膳は笠間慎一郎に斬りかかった。瞬間、鳥居から一発の銃声が轟いた。方岡の軀が弾を受けて揺れた。同時に笠間慎一郎の軀が横に動き、刀が方岡の喉元を斬った。どっと血飛沫が噴き出し、笠間に降りかかった。

方岡大膳は軀をくの字にして、地べたに倒れた。

「やれやれ、とうとう、わしだけになってしまったようだな」

堀田は鳥居の方を振り向きもせずにいった。

「では、決着をつけるか」

堀田の口元が歪んだ。堀田の水平にした刀が、滑るように龍之介の左胸をめざして突き入れられて来る。

龍之介の軀がふらりと横に揺れた。刃先は龍之介の軀を掠って流れた。堀田は直ぐ様、刀を引き、再度、揺れる龍之介の胸を襲う。

だが、龍之介の軀は、ゆらりゆらゆらと陽炎《かげろう》のように覚束《おぼつか》なく揺らめき、片時もじっとしていない。

龍之介は目を閉じたままだった。

「おのれ、龍之介、揺らぎで太刀を防ごうというのか」

堀田は堪り兼ね、水平にした刀の刃を返し、横に払った。龍之介の刀が堀田の刀を撥ね上げた。堀田は刀を押さえようとした。

その瞬間、龍之介の刀が堀田の喉元を斬り裂いて過ぎた。喉元から、どっと血飛沫《しぶき》が噴き出した。堀田の軀は、膝から崩れ落ちた。

龍之介は血飛沫を浴びながら、刀を下段に構え、残心した。

龍之介は目を開けた。それまで眠っていて、ようやく目を覚ましたかのような顔だった。

川上健策や文治郎、九三郎も駆け付けた。

西郷頼母が目を丸くして、龍之介に訊いた。

「いまの技は、何だ？」

「真正会津一刀流秘剣陽炎《かげろう》の舞いでございます」

龍之介は答えながら、刀を地面に突き刺した。

夕霧、おぬしの仇は討った。どうか。成仏してくれ。

一時、降り止んだ雨が、また叩きつけるように降り出した。
龍之介は無情の雨に打たれながら、悄然《しょうぜん》と立ち尽くした。

二見時代小説文庫

闇《やみ》を斬《き》る　会《あい》津《づ》武《ぶ》士《し》道《どう》6

二〇二三年　十　月二十五日　初版発行

著者　森《もり》　詠《えい》

発行所　株式会社　二見書房
〒一〇一-八四〇五
東京都千代田区神田三崎町二-一八-一一
電話　〇三-三五一五-二三一一［営業］
〇三-三五一五-二三一三［編集］
振替　〇〇一七〇-四-二六三九

印刷　株式会社　堀内印刷所
製本　株式会社　村上製本所

ISBN978-4-576-23116-7
https://www.futami.co.jp/

氷月 葵

神田のっぴき横丁

シリーズ

以下続刊

①殿様の家出
②慕われ奉行
③笑う反骨《はんこつ》
④不屈の代人
⑤名門斬り

次は勘定奉行か町奉行と目《もく》される三千石の大身旗本真木《まき》登《と》一郎《いちろう》、四十七歳。ある日突如、隠居《いんきょ》を宣言、家督《かとく》を長男に譲って家を出るという。いったい城中で何があったのか？ 隠居が暮らす下《しも》屋敷は、神田《かんだ》のっぴき横丁に借りた二階屋。のっぴきならない人たちが〈よろず相談〉に訪れる横丁には心あたたまる話があふれ、なかには〝大事件〟につながることも……。心があたたかくなる！ 新シリーズ！